之五

齊一之八　　朱熹集傳

齊國名。本少昊時爽鳩氏所居之地。在禹貢爲青州之域。周武王以封太公望。東至于海。西至于河。南至于穆陵。北至于無棣。太公。姜姓。本四岳之後。既封於齊。通工商之業。便魚盬之利。民多歸之。故爲大國。今青齊淄濰德棣等州。是其地也

雞既鳴矣。朝音潮既盈矣。匪雞則鳴。蒼蠅之聲

賦也。言古之賢妃御於君所。至於將旦之時。必告君曰。雞既鳴矣。會朝之臣既已盈矣。欲令君早起而視朝也。然其實非雞之鳴也。乃蒼蠅之聲也。蓋賢妃當夙興之時。心常恐晚。故聞其似者而以爲眞。非其心存警畏而不留於逸欲。何以能此。故詩人敘其事而美之也

○東方明矣叶謨郎反。朝既昌矣。匪東方則明同上。月出之光

賦也。東方明。則日將出矣。昌盛也。此再告也

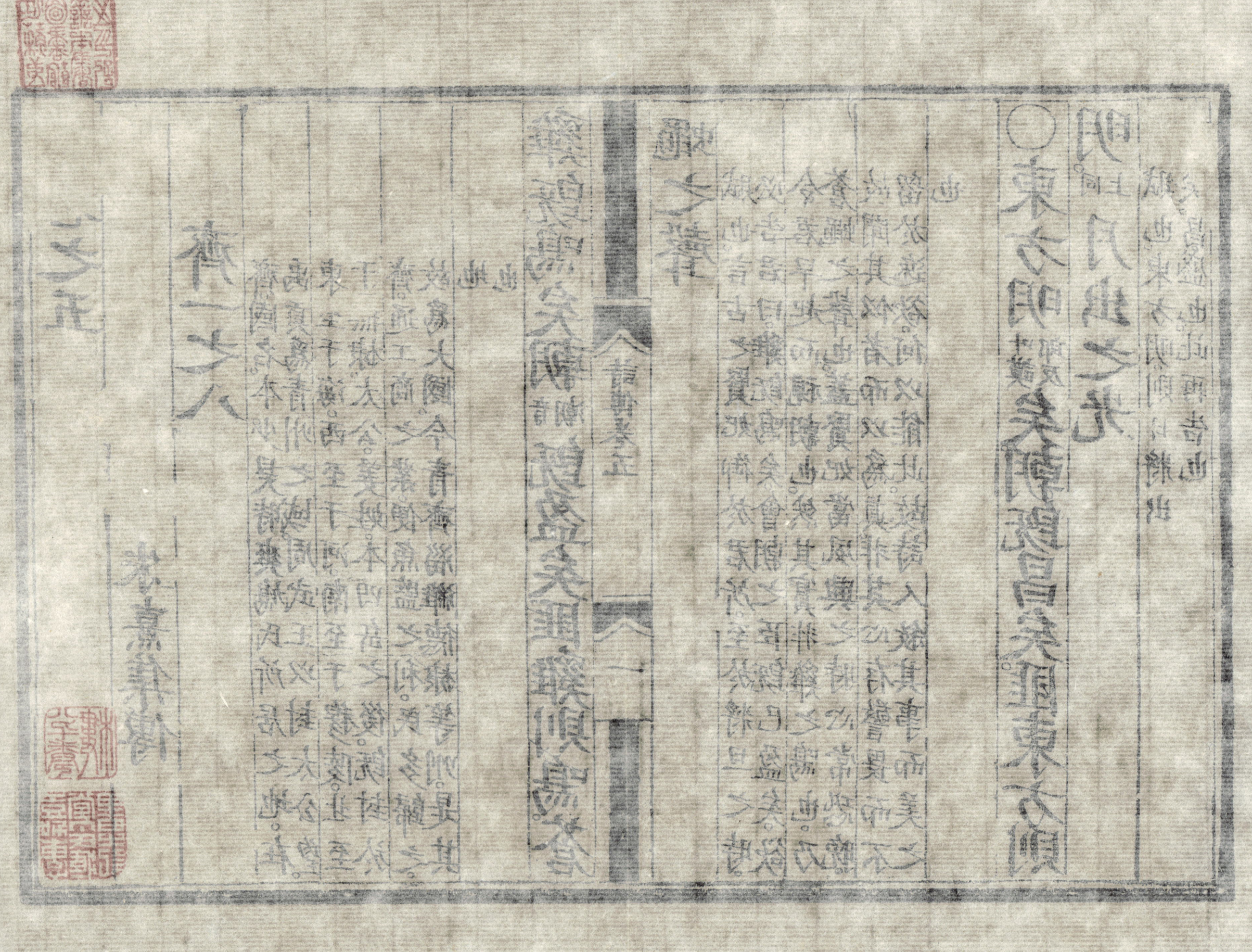

○蟲飛薨薨甘與子同夢叶莫騰反會且歸矣無庶予子憎

賦也蟲飛夜將旦而百蟲作也甘樂會朝也○此三告也言當此時我豈不樂與子同寢而夢哉然群臣之會於朝者俟君不出將散而歸矣無乃以我之故而并以子爲憎乎

雞鳴三章章四句

子之還音旋兮遭我乎峱乃刀反之間叶居賢反兮並驅從兩肩兮揖我謂我儇許全反兮

賦也還便捷之貌峱山名也從逐也獸三歲曰肩儇利也○獵者交錯於道路且以便捷

輕利相稱譽如此而不自知其非也則其俗之不美可見而其來亦必有所自矣

音釋

譽音余

○子之茂叶莫口反兮遭我乎峱之道叶徒厚反兮並驅從兩牡兮揖我謂我好叶許厚反兮

賦也茂美也

○子之昌兮遭我乎峱之陽兮並驅從兩狼兮揖我謂我臧兮

賦也昌盛也山南曰陽狼似犬鋭頭白頰高前廣後臧善也

還三章章四句

俟我於著（直居反，叶直據反）乎而，充耳以素（叶孫租反）乎而，尚之以瓊華（叶芳無反）乎而。

賦也。俟，待也。我，嫁者自謂也。著，門屏之間也。充耳以纊懸瑱，所謂紞也。尚，加也。瓊華，美石似玉者，即所以爲瑱也。○東萊呂氏曰：昏禮，壻往婦家親迎，既奠鴈，御輪而先歸，俟于門外，婦至則揖以入。時齊俗不親迎，故女至壻門，始見其俟己也。【音釋】纊，音曠。瑱，他甸反。紞，都覽反。

○俟我於庭乎而，充耳以青乎而，尚之以瓊瑩（音榮）乎而。

賦也。庭，在大門之內，寢門之外。瓊瑩，亦美石似玉者。○呂氏曰：此昏禮所謂壻道婦及寢門揖入之時也。

○俟我於堂乎而，充耳以黃乎而，尚之以瓊英（叶於良反）乎而。

賦也。瓊英，亦美石似玉者。○呂氏曰：升階而後至堂，此昏禮所謂升自西階之時也。

著三章章三句

東方之日兮，彼姝（赤朱反）者子，在我室兮。

在我室兮。履我即兮

興也。履。躡。即。就也。言此女躡我之跡而相就也

○東方之月兮。彼姝者子。在我闥（叶它悅反）兮。在我闥兮。履我發（叶方月反）兮

興也。闥。門內也。發。行去也。言躡我而行去也。

東方之日二章。章五句

東方未明（叶謨郎反）。顛倒（都老反）衣裳。顛之倒（叶都妙反）之。自公召之

賦也。自。從也。群臣之朝。別色始入。○此詩人刺其君興居無節。號令不時。言東方未明而顛倒其衣裳。則既早矣。而又已有從君所而來召之者焉。蓋猶以爲晚也。或曰。所以然者。以有自公所而召之者故也。

音釋　朝。直遙反。別。必列反

○東方未晞。顛倒裳衣。倒之顛（叶典因反）之。自公令（力證反。叶力呈反）之

賦也。晞。明之始升也。令。號令也

○折（音哲）柳樊圃（叶博故反）。狂夫瞿瞿（俱具反）。不能晨夜（叶羊茹反）。不夙則莫（音暮）

比也。柳，楊之下垂者，柔脆之木也。樊，藩也。圃，菜園也。瞿瞿，驚顧之貌。夙，早也。○折柳樊圃，雖不足恃，然狂夫見之，猶驚顧而不敢越。以比晨夜之限甚明，人所易知。今乃不能知，而不失之早，則失之莫也

東方未明三章章四句

南山崔崔〈子雖反〉雄狐綏綏。魯道有蕩，齊子由歸。既曰歸止，曷又懷止〈叶胡威反〉

比也。南山，齊南山也。崔崔，高大貌。狐，邪媚之獸。綏綏，求匹之貌。魯道，適魯之道也。蕩，平易也。齊子，襄公之妹，魯桓公夫人文姜，襄公通焉者也。由，從也。婦人謂嫁曰歸。懷，思也。止，語辭。○言南山有狐，以比襄公居高位而行邪行。且文姜既從此道歸于魯矣，襄公何為而復思之乎

○葛屨五兩〈兩如字。又音亮〉冠緌〈如誰反〉雙〈所終反〉止。魯道有蕩，齊子庸止。既曰庸止，曷又從止

比也。兩，二屨也。緌，冠上飾也。屨必兩，緌必雙。物各有耦，不可亂也。庸，用也。用此道以嫁于魯也。從，相從也

○蓺麻如之何。衡〈音橫〉從〈子容反〉其畝〈莫後反〉。取

七喻反

妻如之何必告（工毒反）父母（莫後反）既曰告止曷又鞠（居六反）止（同上）

興也。蓺樹。鞠窮也。○欲樹麻者必先縱橫耕治其田畝。欲娶妻者必先告其父母。今魯桓公既告父母而娶矣。又曷爲使之得窮其欲而至此哉

○析薪如之何匪斧不克取妻如之何匪媒不得既曰得止曷又極止

興也。克能也。極亦窮也

南山四章章六句

春秋桓公十八年。公與夫人姜氏如齊。公薨于齊。傳曰。公將有行。遂與姜氏如齊。申繻曰。女有家。男有室。無相瀆也。謂之有禮。易此必敗。公會齊侯于濼。遂及文姜如齊。齊侯通焉。公讁之。以告。夏四月享公。使公子彭生乘公。公薨于車。此詩前二章刺齊襄。後二章刺魯桓也。

【音釋】繻音需。濼盧篤反。又音洛。讁音責。乘繩證反。又如字。

無田（音佃）甫田維莠（羊九反）驕驕（叶音高）無思遠人勞心忉忉（音刀）

比也。田謂耕治之也。甫大也。莠害苗之草也。驕驕張王之意。忉忉憂勞也。○言無田甫田

也。田甫田而力不給，則草盛矣。無思遠人也，思遠人而人不至，則心勞矣。以戒時人厭小而務大，忽近而圖遠，將徒勞而無功也。〔音釋〕張，之亮反。王，于況反。

○無田甫田，維莠桀桀。無思遠人，勞心怛怛。（叶旦悅反）

比也。桀桀，猶驕驕也。怛怛，猶忉忉也。

○婉兮孌兮（叶龍眷反），總角丱兮（古患反，叶古縣反）。未幾見兮（居豈反），突而弁兮。

比也。婉孌，少好貌。丱，兩角貌。未幾，未多時也。突，忽然高出之貌。弁，冠名。○言總角之童，見之未久而忽然戴弁以出者，非其躐等而強求之也，蓋循其序而勢有必至耳。此又以明小之可大，邇之可遠，能循其序而脩之，則可以忽然而至其極。若躐等而欲速，則反有所不達矣。

甫田三章，章四句。

盧令令（音零），其人美且仁。

賦也。盧，田犬也。令令，犬頷下環聲。○此詩大意與還略同。

○盧重環（直龍反），其人美且鬈。（音權）

賦也。重環，子母環也。鬈，鬚髮好貌。

○盧重鋂。音梅其人美且偲。七才反

賦也。鋂。一環貫二也。偲。多鬚之貌。春秋傳所謂于思。即此字。古通用耳

盧令三章章二句

敝笱在梁。其魚魴鰥。古頑反叶古倫反齊子歸止。其從才用反如雲

比也。敝。壞。笱。罟也。魴鰥。大魚也。歸。歸齊也。如雲。言衆也。○齊人以敝笱不能制大魚。比魯莊公不能防閑文姜。故歸齊而從之者衆也

○敝笱在梁。其魚魴鱮。才呂反齊子歸止。其從如雨

比也。鱮。似魴。厚而頭大。或謂之鰱。如雨。亦多也

○敝笱在梁。其魚唯唯。唯癸反齊子歸止。其從如水

比也。唯唯。行出入之貌。如水。亦多也

敝笱三章章四句

按春秋。魯莊公二年。夫人姜氏會齊侯于禚。四年。夫人姜氏享齊侯于祝丘。五年。夫人姜氏如齊師。七年。夫人姜氏會齊侯于防。又會齊侯于穀

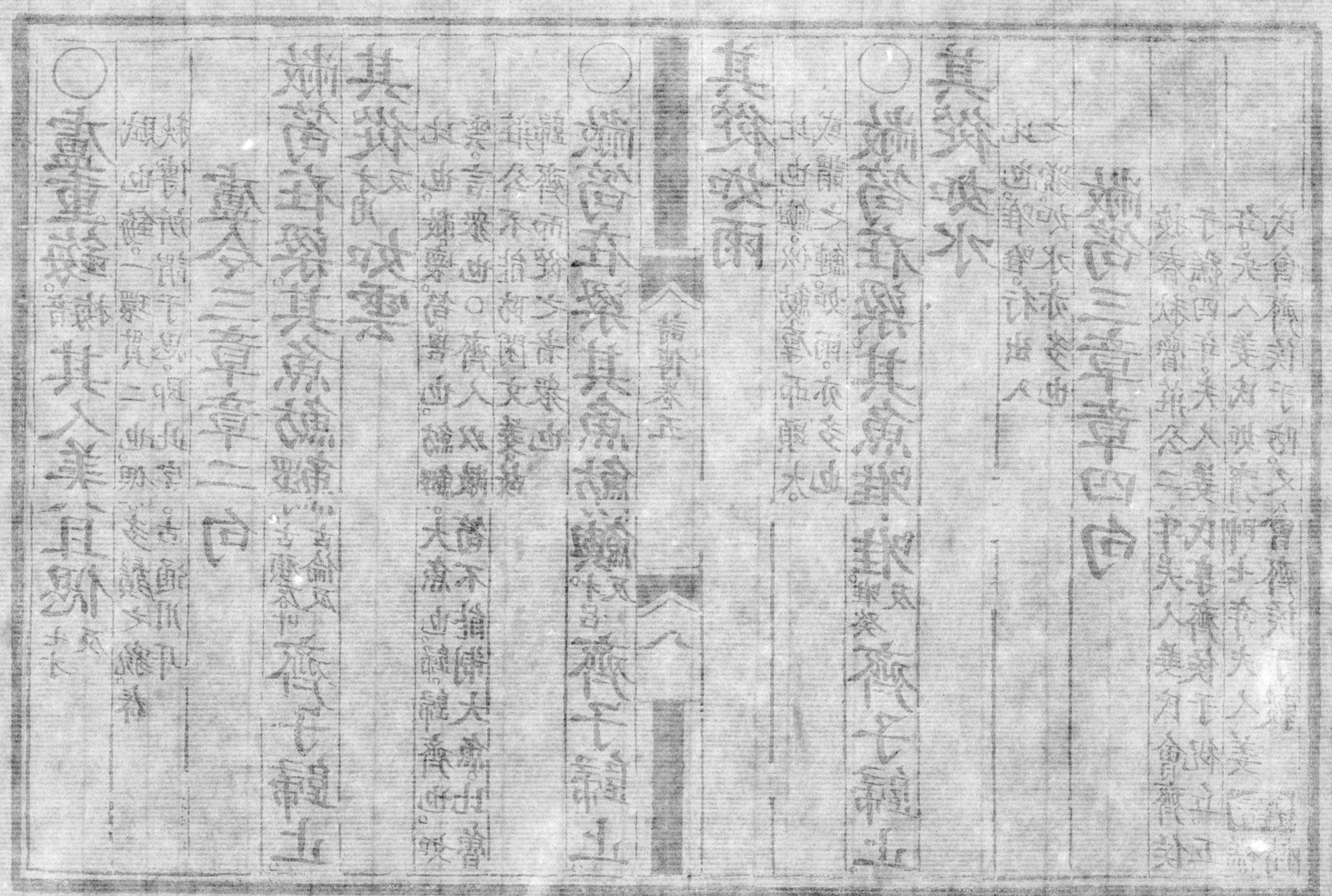

若反。齊地。祝丘。防。皆魯地。穀。齊地。

載驅薄薄（音各反）簟茀（音弗）朱鞹（苦郭反）。魯道有蕩。齊子發夕（叶祥龠反）

賦也。薄薄。疾驅聲。簟。方文席也。茀。車後戶也。朱。朱漆也。鞹。獸皮之去毛者。蓋車革質而朱漆也。夕。猶宿也。發夕。謂離於所宿之舍。○齊人刺文姜乘此車而來會襄公也

【音釋】方文席。簟字從竹。用竹爲席。其文必方

○四驪（力馳反）濟濟（子禮。下同）垂轡濔濔（乃禮反）。魯道有蕩。齊子豈（開改反）弟（叶待禮反）

賦也。驪。馬黑色也。濟濟。美貌。濔濔。柔貌。豈弟。樂易也。言無忌憚羞恥之意也

○汶（音問）水湯湯（失章反）。行人彭彭（必亡反）。魯道有蕩。齊子翶翔

賦也。汶。水名。在齊南魯北二國之竟。湯湯。水盛貌。彭彭。多貌。言行人之多。亦以見其無恥也

○汶水滔滔（吐刀反）。行人儦儦（表驕反。叶音褒）。魯道有蕩。齊子遊敖

賦也。滔滔。流貌。儦儦。衆貌。遊敖。猶翶翔也

載驅四章章四句

猗嗟昌兮。頎（音祈）而長兮。抑若揚兮。美目揚兮。巧趨蹌兮。射則臧兮

賦也。猗嗟歎詞。昌盛也。頎長貌。抑而若揚。美之盛也。揚目之動也。蹌趨翼如也。臧善也。○齊人極道魯莊公威儀技藝之美如此。所以刺其不能以禮防閑其母。若曰惜乎其獨少此耳

○猗嗟名兮。美目清兮。儀既成兮。終日射（食亦反）侯。不出正（音征）兮。展我甥（叶桑經反）兮

賦也。名猶稱也。言其威儀技藝之可名也。清目清明也。儀既成言其終事而禮無違也。侯張布而射之者也。正設的於侯中而射之者也。大射則張皮侯而設鵠。賓射則張布侯而設正。展誠也。姊妹之子曰甥。言稱其爲齊之甥。而又以明非齊侯之子。此詩人之微詞也。按春秋桓公三年夫人姜氏至自齊。六年九月子同生。即莊公也。十八年桓公乃與夫人如齊。則莊公誠非齊侯之子矣

【音釋】鵠。古毒反。射義註。畫布曰正。棲皮曰鵠是也

○猗嗟孌（叶龍眷反）兮。清揚婉（叶許願反）兮。舞則選（雪戀反）兮。射則貫（叶扃縣反）兮。四矢反（叶孚絢反）兮。以禦亂（叶靈眷反）兮

賦也。孌、好貌。清、目之美也。揚、眉之美也。婉、亦好貌。選、異於衆也。或曰齊於樂節也。貫、中而貫革也。四矢、禮射每發四矢。反、復也。中皆得其故處也。言莊公射藝之精，可以禦亂。如以金僕姑射南宮長萬可見矣

音釋 左傳莊十年，齊桓公宋閔公伐魯，戰于乘丘，公以金僕姑射南宮長萬。乘、去聲。金僕姑、矢名。長、上聲。長萬、宋大夫

猗嗟三章章六句

或曰。子可以制母乎。趙子曰。夫死從子。通乎其下。況國君乎。君者人神之主。風教之本也。不能正家。如正國何。若莊公者。哀痛以思父。誠敬以事母。威刑以馭下。車馬僕從莫不俟命。夫人徒往乎。夫人之往也。則公哀敬之不至。威命之不行耳。東萊呂氏曰。此詩三章譏刺之意皆在言外。嗟嘆再三。則莊公所大闕者不言可見矣

齊國十一篇三十四章一百四十三句

魏一之九

魏。國名。本舜禹故都。在禹貢冀州雷首之北。析城之西。南枕河曲。北涉汾水。其地陿隘而民貧俗儉。蓋有聖賢之遺風焉。周初以封同姓。後爲晉獻公所滅而取其地。今河中府解州即其地也。蘇氏曰。魏地入晉久矣。其詩疑皆爲晉而作

故列於唐風之前。猶邶鄘之於衛也。今按篇中公行。公路。公族。皆晉官。疑實晉詩。又恐魏亦嘗有此官。蓋不可考矣。【音釋】枕。之鴆反。解。下買反。行。戶郎反

糾糾（吉黝反）葛屨。可以履霜。摻摻（所銜反）女手。可以縫裳。要（於遙反）之襋（紀力反）之。好人服（叶蒲北反）之。

興也。糾糾。繚戾寒涼之意。夏葛屨。冬皮屨。摻摻。猶纖纖也。女。婦未廟見之稱也。娶婦三月廟見。然後執婦功。要。裳要。襋。衣領。好人。猶大人也。○魏地陿隘。其俗儉嗇而褊急。故以葛屨履霜起興而刺其使女縫裳。又使治其要襋而遂服之也。此詩疑即縫裳之女所作。

【音釋】繚。音遼。見。音現。

○好人提提（徒兮反）。宛（於阮反）然左辟（音避）。佩其象揥（勑帝反）。維是褊心。是以為刺（叶音砌）。

賦也。提提。安舒之意。宛然。讓之貌也。讓而辟者必左。揥。所以摘髮。用象為之。貴者之飾也。其人如此。若無有可刺矣。所以刺之者。以其褊迫急促。如前章之云耳。

葛屨二章。一章六句。一章五句。

廣漢張氏曰。夫子謂與其奢也寧儉。則儉雖失中。本非惡德。然而儉之過。則至於吝嗇迫隘。計較分毫之間。而謀利之心始急矣。葛屨。汾沮洳。園有桃。三詩皆

言其急迫瑣碎之意

彼汾（扶云反）沮（子豫反）洳（如豫反）。言采其莫。（音慕）彼其（音記）之子。美無度。美無度。殊異乎公路。

興也。汾。水名。出太原府晉陽山。西南入河。沮洳。水浸處下濕之地。莫。菜也。似柳葉厚而長。有毛刺。可爲羹。無度。言不可以尺寸量也。公路者。掌公之路車。晉以卿大夫之庶子爲之。○此亦刺儉不中禮之詩。言若此人者。美則美矣。然其儉嗇褊急之態。殊不似貴人也。

○彼汾一方。言采其桑。彼其之子。美如英。（叶於良反）美如英。殊異乎公行。（戸郎反）

興也。一方。彼一方也。史記扁鵲視見垣一方人。英。華也。公行。即公路也。以其主兵車之行列。故以謂之公行也。【音釋】史記。扁鵲姓秦。名越人。遇長桑君。飲以上池之水。能視見垣一方人。索隱曰。方。猶邊也。言能隔墻見彼邊之人也。

○彼汾一曲。言采其藚。（音續）彼其之子。美如玉。美如玉。殊異乎公族。

興也。一曲。謂水曲流處。藚。水舄也。葉如車前草。公族。掌公之宗族。晉以卿大夫之適子爲之。【音釋】舄。音昔。適。都歷反。

汾沮洳三章章六句

園有桃其實之殽心之憂矣我歌且謠音遙不知我者謂我士也驕彼人是哉叶將黎反子曰何其音基心之憂矣其誰知之其誰知之蓋亦勿思叶新齎反

興也。殽食也。合曲曰歌。徒歌曰謠。其語辭。○詩人憂其國小而無政。故作是詩。言園有桃則其實之殽矣。心有憂。則我歌且謠矣。然不知我之心者。見其歌謠而反以爲驕。且曰彼之所爲已是矣。而子之言獨何爲哉。蓋舉國之人莫覺其非。而反以憂之者爲驕也。於是憂者重嗟歎之。以爲此之可憂初不難知。彼之非我特未之思耳。誠思之。則將不暇非我而自憂矣

○園有棘其實之食心之憂矣聊以行國叶于逼反不知我者謂我士也罔極彼人是哉子曰何其心之憂矣其誰知之其誰知之蓋亦勿思

興也。棘棗之短者。聊且略之辭。歌謠之不足。則出遊於國中而寫憂也。極至也。罔極言其心縱恣無所至極

園有桃二章章十二句

陟彼岵（音户）兮。瞻望父兮。父曰嗟予子行役夙夜無已。上慎旃哉。猶來無止

賦也。山無草木曰岵。上。猶尚也。○孝子行役不忘其親。故登山以望其父之所在。因想像其父念已之言曰。嗟乎我之子行役。夙夜勤勞不得止息。又祝之曰。庶幾慎之哉。猶可以來歸。無止於彼而不來也。蓋生則必歸。死則止而不來矣。或曰。止。獲也。言無爲人所獲也

○陟彼屺（音起）兮。瞻望母（叶滿彼反）兮。母曰嗟予季行役夙夜無寐。上慎旃哉。猶來無棄

賦也。山有草木曰屺。季。少子也。尤憐愛少子者。婦人之情也。無寐。亦言其勞之甚也。棄。謂死而棄其尸也。【音釋】岵屺訓傳從毛。而爾雅云。多草木岵。無草木屺。說文。岵。山有草木也。屺。山無草木也。䟽以爲毛傳寫誤。李氏。初曰陟岵。以草木蔽障害於瞻望。故中曰陟屺。以屺瞻望有所不見。故卒曰陟岡。所思漸極。則所望漸高。期於瞻望可及也

○陟彼岡兮。瞻望兄（叶虛王反）兮。兄曰嗟予弟行役夙夜必偕。（叶舉里反）上慎旃哉。猶來無死（叶想止反）

賦也。山脊曰岡。必偕。言與其儕同作同止。不得自如也

陟岵三章章六句

十畝之閒叶居賢反兮。桑者閑閑叶胡田反兮。行與子還叶音旋兮

賦也。十畝之閒。郊外所受場圃之地也。閑閑。往來者自得之貌。行。猶將也。還。猶歸也。○政亂國危。賢者不樂仕於其朝。而思與其友歸於農圃。故其詞如此

【音釋】場圃。周制國郭之外。有聽為場圃之地者

○十畝之外叶五墜反兮。桑者泄泄以世反兮。行與子逝兮

賦也。十畝之外。鄰圃也。泄泄。猶閑閑也。逝。往也

十畝之閒二章章三句

坎坎伐檀叶徒沿反兮。寘之河之干叶居焉反兮。河水清且漣力廛反猗於宜反。不稼不穡。胡取禾三百廛直連反兮。不狩不獵。胡瞻爾庭有縣音玄貆音暄兮。彼君子兮。不素餐七丹反叶七宣反兮

賦也。坎坎。用力之聲。檀。木可為車者。寘。與置同。干。厓也。漣。風行水成文也。猗。與兮同。語辭

也。書斷斷猗。大學作兮。莊子亦云而我猶爲人猗。是也。種之曰稼。斂之曰穡。胡。何也。一夫所居曰廛。狩。亦獵也。貆。貉類。素。空。餐。食也。詩人言有人於此用力伐檀。將以爲車而行陸也。今乃寘之河干。則河水淸漣而無所用。雖欲自食其力。而不可得矣。然其志則自以爲不耕則不可以得禾。不獵則不可以得獸。是以甘心窮餓而不悔也。詩人述其事而歎之。以爲是眞能不空食者。後世若徐穉之流。非其力不食。其厲志蓋如此

【音釋】貉。戶各反

莊子大宗師。子桑戶。孟子反。子琴張。三人相與友。子桑戶死。或琴相和而歌曰。嗟來桑戶乎。而已反其眞。而我猶爲人猗。○後漢。徐穉字孺子。豫章人。家貧常自耕稼。非其力不食

○坎坎伐輻（音福叶筆力反）兮。寘之河之側（叶莊力反）兮。河水淸且直猗。不稼不穡。胡取禾三百億兮。不狩不獵。胡瞻爾庭有縣特兮。彼君子兮。不素食兮

賦也。輻。車輻也。伐木以爲輻也。直。波文之直也。十萬曰億。蓋言禾秉之數也。獸三歲曰特

○坎坎伐輪兮。寘之河之漘（順倫反）兮。河水淸且淪猗。不稼不穡。胡取禾三百囷（丘倫反）兮。不狩不獵。胡瞻爾庭有縣鶉（音純）兮。彼君子兮。不素飧（素門反叶素倫反）兮

賦也。輪，車輪也。伐木以爲輪也。淪，小風水成文轉如輪也。囷，圓倉也。鶉，鶴屬。熟食曰飧。

伐檀三章章九句

碩鼠碩鼠，無食我黍。三歲貫(古亂反)女(音汝)，莫我肯顧(叶果五反)。逝將去女，適彼樂(音洛，下同)土。樂土樂土，爰得我所。

比也。碩，大也。三歲，言其久也。貫，習。顧，念。逝，往也。樂土，有道之國也。爰，於也。○民困於貪殘之政，故託言大鼠害己而去之也。

○碩鼠碩鼠，無食我麥(叶訖力反)。三歲貫女，莫我肯德。逝將去女，適彼樂國(叶于逼反)。樂國樂國，爰得我直。

比也。德，歸恩也。直，猶宜也。

○碩鼠碩鼠，無食我苗(叶音毛)。三歲貫女，莫我肯勞。逝將去女，適彼樂郊(叶音高)。樂郊樂郊，誰之永號(户毛反)。

比也。勞，勤苦也。謂不以我爲勤勞也。永號，長呼也。言既往樂郊，則無復有害己者，當復爲誰而永號乎。

碩鼠三章章八句

魏國七篇十八章一百二十八句

詩卷之五

詩卷之六

朱熹集傳

唐一之十

唐國名。本帝堯舊都。在禹貢冀州之域。大行恒山之西。大原大岳之野。周成王以封弟叔虞爲唐侯。南有晉水。至子燮乃改國號曰晉。後徙曲沃。又徙居絳。其地土瘠民貧。勤儉質朴。憂深思遠。有堯之遺風焉。其詩不謂之晉。而謂之唐。蓋仍其始封之舊號耳。唐叔所都。在今大原府。曲沃及絳。皆在今絳州。

音釋　行（户郎反）

蟋蟀在堂。歲聿（允橘反）其莫（音慕）。今我不樂（音洛下同）。日月其除（直慮反）。無已大（音泰）康。職思其居（叶音據）。好（呼報反）樂無荒。良士瞿瞿（俱具反）。

賦也。蟋蟀。蟲名。似蝗而小。正黑有光澤如漆。有角翅。或謂之促織。九月在堂。聿。遂。莫。晚。除。去也。大康。過於樂也。職。主也。瞿瞿。却顧之貌。○唐俗勤儉。故其民間終歲勞苦。不敢少休。及其歲晚務閒之時。乃敢相與燕飲爲樂。而言今蟋蟀在堂。而歲忽已晚矣。當此之時。而不爲樂。則日月將舍我而去矣。然其憂深而思遠也。故方燕樂。而又遽相戒曰。今雖不可以不爲樂。然不已過於樂乎。盍亦顧念其職之所居者。使其雖好樂而無荒。若彼良士之

長慮却顧焉。則可以不至於危亡也。蓋其民俗之厚。而前聖遺風之遠如此。音釋 務間。乎艱反。舍音捨。

○蟋蟀在堂。歲聿其逝。今我不樂。日月其邁。（叶力制反）無已大康。職思其外。（叶五墜反）好樂無荒。良士蹶蹶。（俱衛反）

賦也。逝邁皆去也。外餘也。其所治之事固當思之。而所治之餘亦不敢忽。蓋其事變或出於平常思慮之所不及。故當過而備之也。蹶蹶動而敏於事也。

○蟋蟀在堂。役車其休。今我不樂。日月其慆。（吐刀反叶他侯反）無已大康。職思其憂。好樂無荒。良士休休。

賦也。庶人乘役車。歲晚則百工皆休矣。慆過也。休休安閑之貌。樂而有節。不至於淫。所以安也。音釋 周官。庶人乘役車。注方箱可載任器以供役

蟋蟀三章章八句

山有樞。（烏侯昌朱二反）隰有榆。（夷周以朱二反）子有衣裳。弗曳弗婁。（力侯力俱二反）子有車馬。弗馳弗驅。（祛尤虧于二反）宛（於阮反）其死矣。他人是愉。（他侯以朱二反）

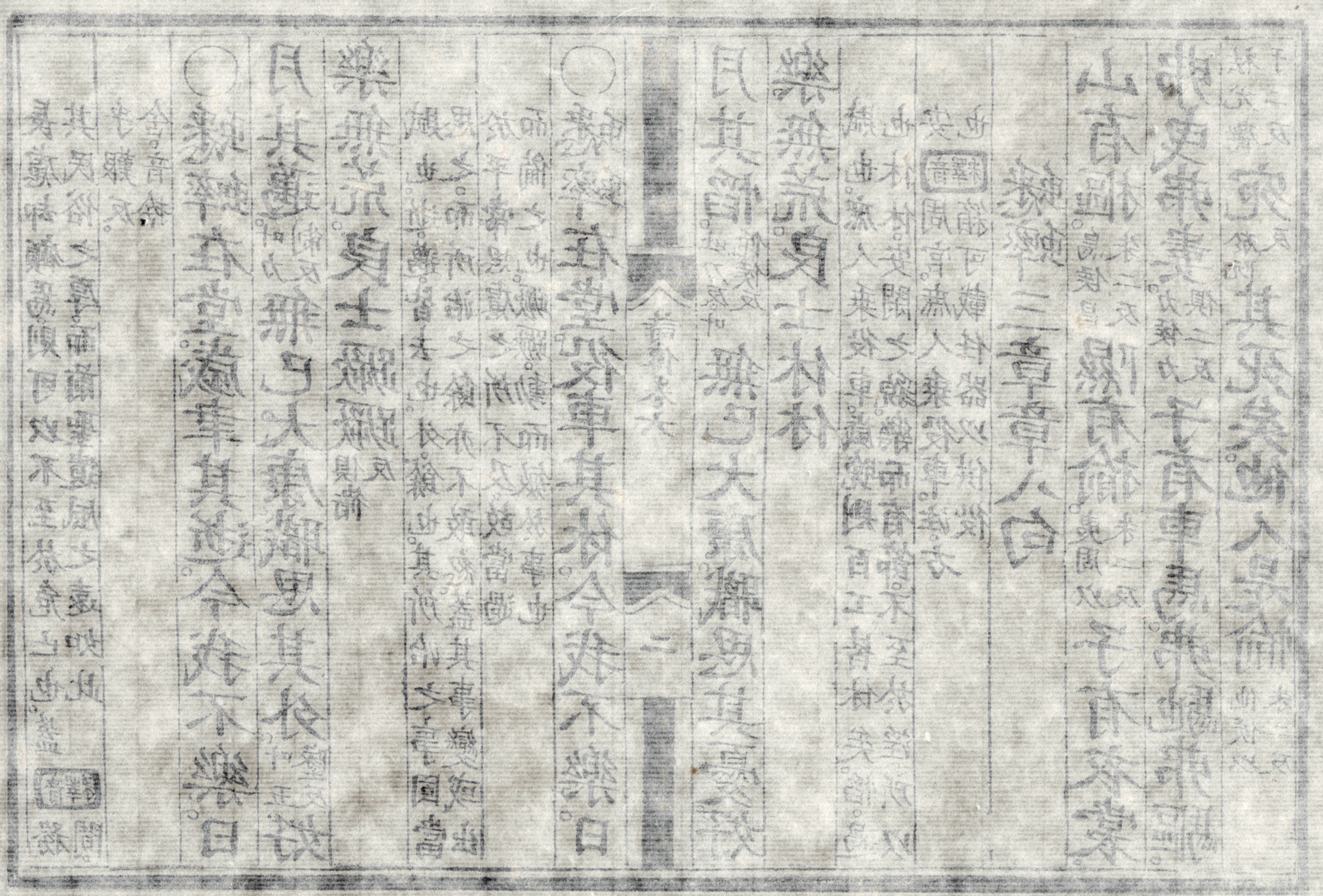

興也。樞。荎也。今刺榆也。榆。白枌也。婁。亦曳也。馳。走。驅。策也。宛。坐見貌。愉。樂也。○此詩蓋亦答前篇之意而解其憂。故言山則有樞矣。隰則有榆矣。子有衣裳車馬。而不服不乘。則一旦宛然以死。而他人取之以為己樂矣。蓋言不可不及時為樂。然其憂愈深而意愈蹙矣

【音釋】荎。田結反

○山有栲。音考。叶去九反 隰有杻。女九反 子有廷內。弗洒弗埽。叶蘇后反 子有鍾鼓。弗鼓弗考。叶去九反 宛其死矣。他人是保。叶補苟反

興也。栲。山樗也。似樗色小白。葉差狹。杻。檍也。葉似杏而尖。白色。皮正赤。其理多曲少直。材可為弓弩幹者也。考。擊也。保。居有也。

【音釋】樗。敕居反。檍。音億

○山有漆。音七 隰有栗。子有酒食。何不日鼓瑟。且以喜樂。音洛 且以永日。宛其死矣。他人入室。

興也。君子無故。琴瑟不離於側。永。長也。人多憂。則覺日短。飲食作樂。可以永長此日也。

山有樞三章章八句

揚之水。白石鑿鑿。子洛反 素衣朱襮。音博 從子于沃。叶鬱縛反 既見君子。云何不樂。音洛

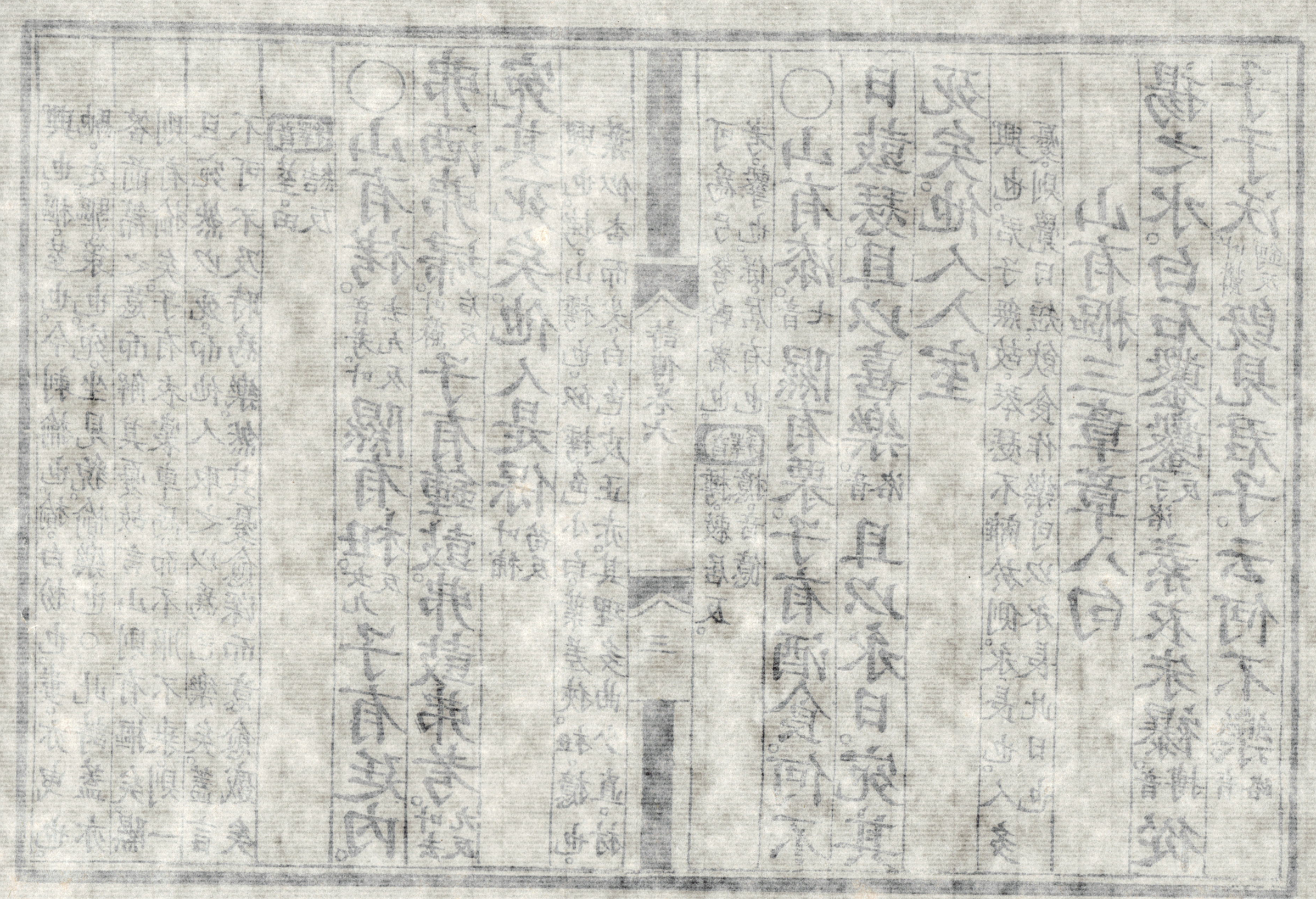

比也。鑿鑿，巉巖貌。襮，領也。諸侯之服，繡黼領而丹朱純也。子，指桓叔也。沃，曲沃也。○晉昭侯封其叔父成師于曲沃。是爲桓叔。其後沃盛强而晉微弱。國人將叛而歸之。故作此詩。言水緩弱而石巉巖。以比晉衰而沃盛。故欲以諸侯之服從桓叔于曲沃。且自喜其見君子而無不樂也。

【音釋】巉，鋤咸反。純，之尹反。

叶先妙反　叶一笑反

○揚之水。白石皓皓。胡老反，叶胡暴反 素衣朱繡。從子于鵠。叶居號反 既見君子。云何其憂。

比也。朱繡，卽朱襮也。鵠，曲沃邑也。

○揚之水。白石粼粼。利新反 我聞有命。叶彌并反 不敢以告人。

比也。粼粼，水清石見之貌。聞其命而不敢以告人者，爲之隱也。桓叔將以傾晉而民爲之隱，蓋欲其成矣。○李氏曰：古者不軌之臣欲行其志，必先施小惠以收衆情，然後民翕然從之。田氏之於齊亦猶是也。故其召公子陽生於魯，國人皆知其已至而不言。所謂我聞有命，不敢以告人也。

【音釋】左傳：齊景公無嫡，鬻似子之荼嬖。哀五年，公疾，使國惠子高昭子立荼。諸公子出奔。陽生奔魯。六年，陳乞攻敗高國，使召陽生。八月，夜至於齊，國人知之。十月立之，是爲悼公。

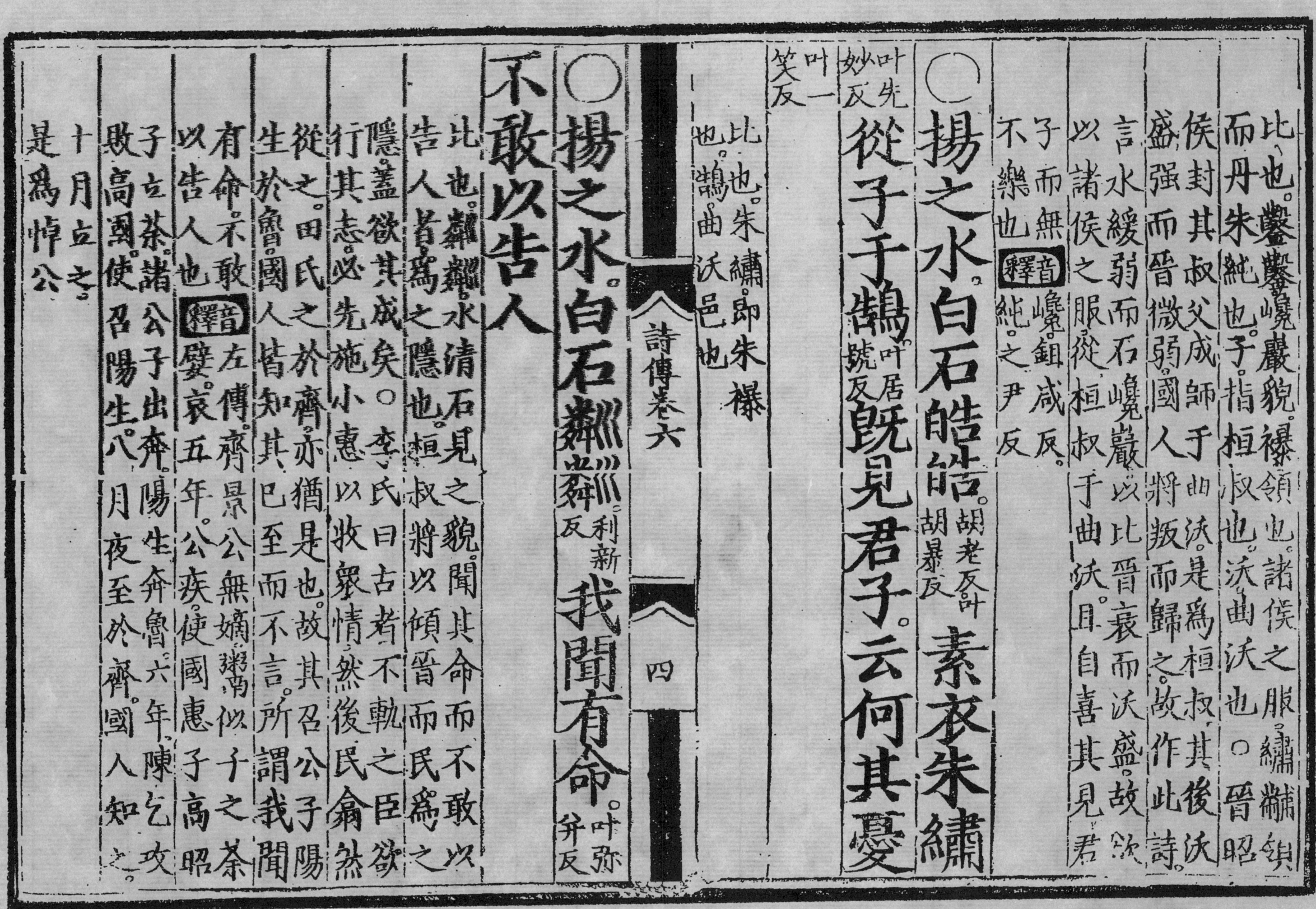

揚之水三章二章章六句一章四句

椒聊之實蕃衍盈升彼其（音記）之子碩大無朋椒聊且（子餘反）遠條且

興而比也椒樹似茱萸有針刺其實味辛而香烈聊語助也朋比也且歎詞遠條長枝也○椒之蕃盛則采之盈升矣彼其之子則碩大而無朋矣椒聊且遠條且歎其枝遠而實益蕃也此不知其所指序亦以爲沃也【音釋】朋比毗志反

○椒聊之實蕃衍盈匊（九六反）彼其之子實大且篤椒聊且遠條且

興而比也兩手曰匊篤厚也

椒聊二章章六句

綢（直留反）繆（莫彪反）束薪三星在天（叶鐵因反）今夕何夕見此良人子兮子兮如此良人何

興也綢繆猶纏綿也三星心也在天昏始見於東方建辰之月也良人夫稱也○國亂民貧男女有失其時而後得遂其婚姻之禮者詩人敘其婦語夫之詞曰方綢繆以束薪也而仰見三星之在天今夕不知其何夕也而忽見良人之在此既又自謂曰子兮子兮其

將奈此良人何哉喜之甚而自慶之詞也

○綢繆束芻叶側九反三星在隅叶語口反今夕何夕見此邂戶解反逅胡豆反叶狠口反子兮子兮如此邂逅何

興也隅東南隅也昏見之星至此則夜久矣邂逅相遇之意此爲夫婦相語之詞也

○綢繆束楚三星在戶侯古反今夕何夕見此粲采旦反者叶章與反子兮子兮如此粲者何

興也戶室戶也戶必南出昏見之星至此則夜分矣粲美也此爲夫語婦之詞也或曰女三爲粲一妻二妾也【音釋】國語獸三爲羣人三爲衆女三爲粲

綢繆三章章六句

有杕徒細反之杜其葉湑湑私敘反獨行踽踽俱禹反豈無他人不如我同父扶雨反嗟行之人胡不比毗至反焉人無兄弟胡不佽七利反焉

興也杕特也杜赤棠也湑湑盛貌踽踽無所親之貌同父兄弟也比輔佽助也○此無兄

弟者自傷其孤特而求助於人之詞。言杕然之杜。其葉猶湑湑然。而人無兄弟。則獨行踽踽。曾杜之不如矣。然豈無他人之可與同行也哉。特以其不如我兄弟。是以不免於踽踽耳。於是嗟歎行路之人。何不閔我之獨行而見親。憐我之無兄弟而見助乎

○有杕之杜。其葉菁菁。子零反 獨行睘睘。求螢反 豈無他人。不如我同姓。叶桑經反 嗟行之人。胡不比焉。人無兄弟。胡不佽焉

興也。菁菁。亦盛貌。睘睘。無所依貌。

杕杜二章。章九句

羔裘豹祛。起居、起據二反 自我人居居。斤於、斤御二反 豈無他人。維子之故。攻乎、古慕二反

賦也。羔裘。君純羔。大夫以豹飾。袪。袂也。居居未詳

○羔裘豹褎。徐救反 自我人究究。豈無他人。維子之好。呼報反叶呼候反

賦也。褎。猶袪也。究究。亦未詳。

羔裘二章。章四句

此詩不知所謂。不敢強解。

肅肅鴇羽。集于苞栩况甫反。王事靡盬音古。不能蓺稷黍。父母何怙侯古反。悠悠蒼天。曷其有所

比也。肅肅。羽聲。鴇。鳥名。似鴈而大。無後趾。集。止也。苞。叢生也。栩。柞櫟也。其子為皁斗。殼可以染皁者是也。盬。不攻緻也。蓺。樹。怙。恃也。○民從征役而不得養其父母。故作此詩。言鴇之性不樹止。而今乃飛集于苞栩之上。如民之性本不便於勞苦。今乃久從征役而不得耕田以供子職也。悠悠蒼天。何時使我得其所乎。

○肅肅鴇翼。集于苞棘。王事靡盬。不能蓺黍稷。父母何食。悠悠蒼天。曷其有極

比也。極。已也。

○肅肅鴇行戶郎反。集于苞桑。王事靡盬。不能蓺稻粱。父母何嘗。悠悠蒼天。曷其有常

比也。行。列也。稻。即今南方所食稻米。水生而色白者也。粱。粟類也。有數色。嘗。食也。常。復其常也。

鴇羽三章章七句

豈曰無衣七兮。不如子之衣。安且吉兮

賦也。侯伯七命。其車旗衣服皆以七爲節。子。天子也。○史記。曲沃桓叔之孫武公伐晉滅之。盡以其寶器賂周釐王。王以武公爲晉君列於諸侯。此詩蓋述其請命之意。言我非無是七章之衣也。而必請命者。蓋以不如天子之命服之爲安且吉也。蓋當是時周室雖衰典刑猶在。武公既負弑君篡國之罪。則人得討之。而無以自立於天地之間。故賂王請命。而爲說如此。然其倨慢無禮。亦已甚矣。釐王貪其寶玩。而不思天理民彝之不可廢。是以誅討不加。而爵命行焉。則王綱於是乎不振。而人紀或幾乎絕矣。嗚呼痛哉

音釋 釐與僖同。侯伯䳒冕七章。華蟲。火。宗彝。藻。粉米。黼。黻。䳒卑列反

○豈曰無衣六兮。不如子之衣。安且燠兮（於六反）

賦也。天子之卿六命。變七言六者。謙也。不敢以當侯伯之命。得受六命之服。比於天子之卿亦幸矣。燠。煖也。言其可以久也

無衣二章章三句

有杕之杜。生于道左。彼君子兮。噬（韓詩作逝）

肯適我。中心好（呼報反）之。曷飲（於鴆反）食（音嗣）之。

比也。左東也。噬。發語詞。曷何也。○此人好賢而恐不足以致之。故言此杕然之杜生于道左。其蔭不足以休息。如己之寡弱不足恃賴。則彼君子者亦安肯顧而適我哉。然其中心好之則不已也。但無自而得飲食之耳。夫以好賢之心如此。則賢者安有不至。而何寡弱之足患哉。

○有杕之杜。生于道周。彼君子兮。噬肯來遊。中心好之。曷飲食之。

比也。周。曲也。

有杕之杜二章章六句

葛生蒙楚。蘞（音廉）蔓于野（叶上與反）。予美亡此。誰與獨處。

興也。蘞草名。似栝樓葉盛而細。蔓延也。予美婦人指其夫也。○婦人以其夫久從征役而不歸。故言葛生而蒙于楚。蘞生而蔓于野。各有所依託。而予之所美者獨不在是。則誰與而獨處於此乎。

○葛生蒙棘。蘞蔓于域。予美亡此。誰與獨息。

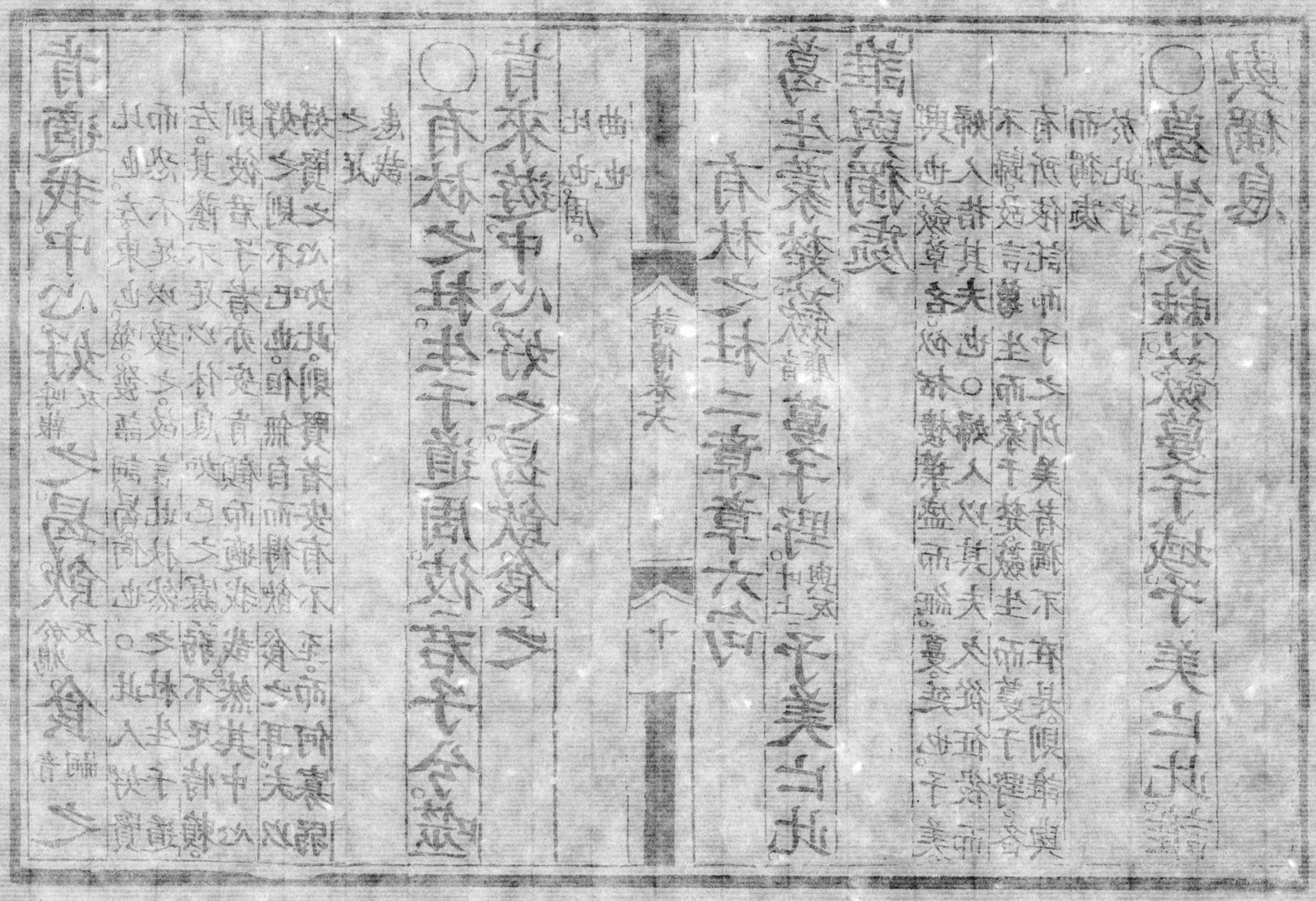

興也。域，塋域也。息，止也。

○角枕粲兮，錦衾爛兮。予美亡此，誰與獨旦。

賦也。粲爛，華美鮮明之貌。獨旦，獨處至旦也。

○夏之日，冬之夜，叶羊茹反百歲之後，歸于其居。叶姬御反

賦也。夏日永，冬夜永。居，墳墓也。○夏日冬夜，獨居憂思，於是為切。然君子之歸無期，不可得而見矣，要死而相從耳。鄭氏曰：言此者，婦人專一，義之至，情之盡。蘇氏曰：思之深而無異心，此唐風之厚也。

○冬之夜，夏之日，同上百歲之後，叶音戶歸于其室。

賦也。室，壙也。

葛生五章，章四句。

采苓采苓，首陽之巔。叶典因反人之為言，苟亦無信。叶斯人反舍音捨，下同旃之然反舍旃，苟亦無然。人之為言，胡得焉。

比也。首陽。首山之南也。巔。山頂也。旃。之也。○此刺聽讒之詩。言子欲采苓於首陽之巔乎。然人之爲是言以告子者。未可遽以爲信也。姑舍置之。而無遽以爲然。徐察而審聽之。則造言者無所得。而讒止矣。或曰興也。下章放此。

○采苦采苦。首陽之下。叶後五反人之爲言。苟亦無與。舍旃舍旃。苟亦無然。人之爲言。胡得焉。

比也。苦。苦菜也。生山田及澤中。得霜甜脆而美。與。許也。

○采葑采葑。首陽之東。人之爲言。苟亦無從。舍旃舍旃。苟亦無然。人之爲言。胡得焉。

比也。從。聽也。

采苓三章。章八句。

唐國十二篇。三十三章。二百三句。

秦一之十一

秦。國名。其地在禹貢雍州之域。近鳥鼠山。初伯益佐禹治水有功。賜姓嬴氏。其

後中潏居西戎以保西垂六世孫大駱生成及非子非子事周孝王養馬於汧渭之間馬大蕃息孝王封爲附庸而邑之秦至宣王時犬戎滅成之族宣王遂命非子曾孫秦仲爲大夫誅西戎不克見殺及幽王爲西戎犬戎所殺平王東遷秦仲孫襄公以兵送之王封襄公爲諸侯曰能逐犬戎卽有岐豐之地襄公遂有周西都畿內八百里之地至玄孫德公又徙于雍秦卽今之秦州雍今京兆府興平縣是也

有車鄰鄰。有馬白顚。都田反叶典因反未見君子。寺人之令。力呈反

賦也。鄰鄰衆車之聲。白顚額有白毛。今謂之的顙。君子指秦君。寺人內小臣也。令使也。○是時秦君始有車馬及此寺人之官。將見者必先使寺人通之。故國人創見而誇美之也。

○阪音反有漆。隰有栗。既見君子。並坐鼓瑟。今者不樂。音洛逝者其耋。田結反叶地一反

興也。八十曰耋。○阪則有漆矣。隰則有栗矣。既見君子則並坐鼓瑟矣。失今不樂則逝者其耋矣。

○阪有桑。隰有楊。既見君子。並坐鼓簧。今者不樂。逝者其亡。

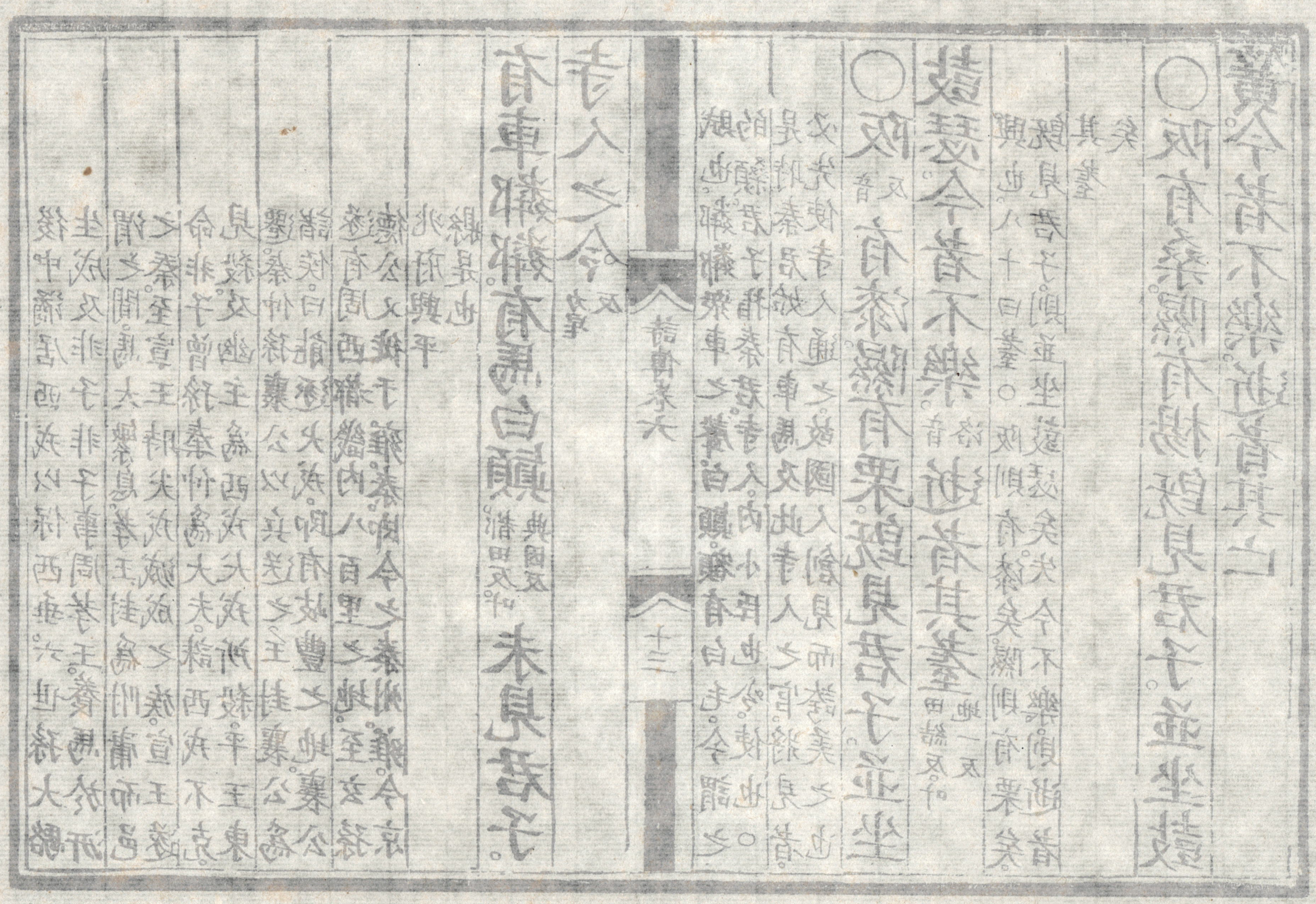

興也。簧，笙中金葉。吹笙則鼓動之以出聲者也。

車鄰三章，一章四句，二章章六句。

駟驖（田結反）孔阜（符有反）。六轡在手。公之媚（眉冀反）子。從公于狩（叶始九反）。

賦也。駟驖，四馬皆黑色如鐵也。孔，甚也。阜，肥大也。六轡者，兩服兩驂各兩轡，而驂馬內兩轡納之於觖，故惟六轡在手也。媚子，所親愛之人也。此亦前篇之意也。

音釋 觖與觼同。古穴反。

○奉時辰牡。辰牡孔碩（叶常灼反）。公曰左之，舍（音捨）拔（蒲末反）則獲（叶黃郭反）。

賦也。時，是。辰，時也。牡，獸之牡者也。辰牡者，冬獻狼，夏獻麋，春秋獻鹿豕之類。奉之者，虞人翼以待射也。碩，肥大也。公曰左之者，命御者使左其車，以射獸之左也。蓋射必中其左，乃爲中殺。五御所謂逐禽左者，爲是故也。拔，矢括也。曰左之而舍拔，無不獲者，言獸之多而射御之善也。

音釋 射獸、射必之射，皆食亦反。中，陟仲反。

○遊于北園，四馬既閑（叶胡田反）。輶（音由）車鸞鑣（彼驕反），載獫（力驗反）歇（許竭反）驕（許喬反）。

賦也。田事已畢。故遊于北園。閑。調習也。輶。輕也。鸞。鈴也。効鸞鳥之聲。鑣。馬銜也。驅逆之車。置鸞於馬銜之兩旁。乘車則鸞在衡。和在軾也。獫。歇驕。皆田犬名。長喙曰獫。短喙曰歇驕。以車載犬。蓋以休其足力也。韓愈畫記有騎擁田犬者。亦此類

駟驖三章章四句

小戎俴錢淺反收。五楘音木梁輈。陟留反游環脅驅。叶俱懼反。又居錄反陰靷音胤鋈音沃續。叶辭屢反。又如字文茵音因暢轂。叶敕亮反又去聲駕我騏音其馵。之樹反。又之錄反言念君子。溫其如玉。在其板屋。亂我心曲

賦也。小戎。兵車也。俴。淺也。收。軫也。謂車前後兩端橫木。所以收斂所載者也。凡車之制。廣皆六尺六寸。其平地任載者為大車。則軫深八尺。兵車則軫深四尺四寸。故曰小戎俴收也。五。五束也。楘。歷錄然文章之貌也。梁輈。從前軫以前稍曲而上。至衡則向下鉤之。衡橫於輈下。而輈形穹隆上曲如屋之梁。又以皮革五處束之。其文章歷錄然也。游環。靷環也。以皮為環。當兩服馬之背上。游移前却無定處。引兩驂馬之外轡貫其中而執之。所以制驂馬使不得外出。左傳曰。如驂之有靳是也。脅驅。亦以皮為之。前係於衡之兩端。後係於軫之兩端。當服馬脅之外。所以驅驂馬使不得內入也。陰。揜軌也。軌在軾前。而以板橫側揜之。以其陰映此軌。故謂之陰也。靷。以皮二條前係驂馬之頸。後係陰版之上也。鋈續。陰

版之上有續靷之處。消白金沃灌其環以爲飾也。蓋車衡之長六尺六寸。止容二服。驂馬之頭不當於衡。故別爲二靷以引車。亦謂之靳。左傳曰。兩靷將絶。是也。文茵車中所坐虎皮褥也。暢長也。轂者車輪之中。外持輻內受軸者也。大車之轂一尺有半。兵車之轂長三尺二寸。故兵車曰暢轂。騏騏文也。馬左足白曰馵。君子婦人目其夫也。溫其如玉。美之之詞也。板屋者西戎之俗以版爲屋。心曲心中委曲之處也。○西戎者秦之臣子所與不共戴天之讎也。襄公上承天子之命。率其國人往而征之。故其從役者之家人。先誇車甲之盛如此。而後及其私情。蓋以義興師。則雖婦人亦知勇於赴敵而無所怨矣

【音釋】軓音範轊頭也

○四牡孔阜。（扶有反）六轡在手。騏駵（音留）是中。（叶諸仍反）騧（古花反）驪是驂。（叶疏簪反）龍盾（順允反）之合。鋈以觼（古穴反）軜。（音納）言念君子。溫其在邑。（叶於合反）方何爲期。胡然我念之

賦也。赤馬黑鬣曰駵。中兩服馬也。黃馬黑喙曰騧。驪黑色也。盾干也。畫龍於盾。合而載之以爲車上之衛。必載二者。備破毀也。觼環之有舌者。軜驂內轡也。置觼於軾前以係軜。故謂之觼軜。亦消沃白金以爲飾也。邑西鄙之邑也。方將也。將以何時爲歸期乎。何爲使我思念之極也

○俴駟孔群。厹音求矛鋈錞。徒對反叶朱倫反蒙伐

有苑。音氳虎韔敕亮反鏤音漏膺。交韔二弓。叶姑弘反

竹閉緄古本反縢。直登反言念君子。載寢載興。

厭厭於鹽反良人。秩秩德音。叶一陵反

賦也。俴駟。四馬皆以淺薄之金爲甲。欲其輕而易於馬之旋習也。孔。甚。群。和也。厹矛。三隅矛也。鋈錞。以白金沃矛之下端平底者也。蒙。雜也。伐。中干也。盾之別名。苑。文貌。畫雜羽之文於盾上也。虎韔。以虎皮爲弓室也。鏤膺。鏤金以飾馬當胸帶也。交韔。交二弓於韔中。謂顛倒安置之。必二弓以備壞也。閉。弓檠也。儀禮作鞑。緄。繩。縢。約也。以竹爲閉。而以繩約之於弛弓之裏。檠弓體使正也。載寢載興。言思之深而起居不寧也。厭厭。安也。秩秩。有序也。

小戎三章章十句

蒹古恬反葭音加蒼蒼。白露爲霜。所謂伊人

在水一方。遡蘇路反洄音回從之。道阻且長。

遡游從之。宛在水中央。

賦也。蒹。似萑而細。高數尺。又謂之蘼。葭。蘆也。蒹葭未敗。而露始爲霜。秋水時至。百川灌河之時也。伊人。猶言彼人也。一方。彼一方也。遡洄。逆流而上也。遡游。順流而下也。宛然。坐見貌。在水之中央。言近而不可至也。○言秋水方盛之時。所謂彼人者。乃在水之一方。上下

求之而皆不可得。然不知其何所指也。

音釋 萑音完。蒹音廉

○蒹葭淒淒。白露未晞。所謂伊人。在水之湄。遡洄從之。道阻且躋。遡游從之。宛在水中坻。直反

賦也。淒淒。猶蒼蒼也。晞。乾也。湄。水草之交也。躋。升也。言難至也。水渚曰坻。

○蒹葭采采。叶此禮反 白露未已。所謂伊人。在水之涘。叶以始二音 遡洄從之。道阻且右。叶羽軌反 遡游從之。宛在水中沚。

賦也。采采。言其盛而可采也。已。止也。右。不相直而出其右也。小渚曰沚。

音釋 直。音直

蒹葭三章章八句

○終南何有。有條有梅。叶莫悲反 君子至止。錦衣狐裘。叶渠之反 顏如渥丹。於角反 其君也哉。叶將黎反

興也。終南。山名。在今京兆府南。條。山楸也。皮葉白。色亦白。材理好。宜為車版。君子。指其君也。至止。至終南之下也。錦衣狐裘。諸侯之服也。玉藻曰。君衣狐白裘。錦衣以裼之。渥。漬也。其君也哉。言容貌衣服稱其為君也。此秦人美其君之詞。亦車鄰駟驖之意也。

○終南何有。有紀有堂。君子至止。黻

音弗 衣繡裳。佩玉將將。七羊反 壽考不忘

興也。紀，山之廉角也。堂，山之寬平處也。黻之狀亞，兩已相戾也。繡，刺繡也。將將，佩玉聲也。壽考不忘者，欲其居此位，服此服，長久而安寧也。【音釋】刺，七亦反

終南二章章六句

交交黃鳥。止于棘。誰從穆公。子車奄息。維此奄息。百夫之特。臨其穴。叶戶橘反 惴惴其慄。彼蒼者天。叶鐵因反 殲子廉反 我良人。如可贖兮。人百其身

興也。交交，飛而往來之貌。從穆公，從死也。子車，氏。奄息，名。特，傑出之稱。穴，壙也。惴惴，懼貌。慄，懼。殲，盡。良，善。贖，貿也。○秦穆公卒，以子車氏之三子爲殉，皆秦之良也。國人哀之，爲之賦黃鳥。事見春秋傳，即此詩也。言交交黃鳥，則止于棘矣。誰從穆公，則子車奄息也。蓋以所見起興也。臨穴而惴惴慄，蓋生納之壙中也。三子皆國之良，而一旦殺之，若可貿以他人，則人皆願百其身以易之矣。【音釋】貿，音茂。殉，辭順反

○交交黃鳥。止于桑。誰從穆公。子車仲行。戶郎反 維此仲行。百夫之防。臨其穴。惴惴其慄。彼蒼者天。殲我良人。如可

贖兮。人百其身

興也。防當也。言一人可當百夫也

○交交黃鳥。止于楚。誰從穆公。子車鍼其廉反虎。維此鍼虎。百夫之禦。臨其穴。惴惴其慄。彼蒼者天。殲我良人。如可贖兮。人百其身

興也。禦猶當也

黃鳥三章章十二句

春秋傳曰。君子曰。秦穆公之不爲盟主也宜哉。死而棄民。先王違世。猶貽之法。而况奪之善人乎。今縱無法以遺後嗣。而又收其良以死。難以在上矣。君子是以知秦之不復東征也。愚按穆公於此其罪不可逃矣。但或以爲穆公遺命如此。而三子自殺以從之。則三子亦不得爲無罪。今觀臨穴惴慄之言。則是康公從父之亂命。迫而納之於壙。其罪有所歸矣。又按史記。秦武公卒。初以人從死。死者六十六人。至穆公遂用百七十七人。而三良與焉。蓋其初特出於戎翟之俗。而無明王賢伯以討其罪。於是習以爲常。則雖以穆公之賢而不免。論其事者。亦徒閔三良之不幸。而歎秦之衰。至於王政不綱。諸侯擅命。殺人不忌至於

如此。則莫知其爲非也。嗚呼。俗之弊也久矣。其後始皇之葬。後宮皆令從死。工匠生閉墓中。尚何怪哉。【音釋】以遺之遺。于醉反。從死之從。才用反。與。羊茹反

鴥（伊橘反）彼晨風。鬱（叶乎悖反）彼北林。未見君子。憂心欽欽。如何如何。忘我實多。

興也。鴥。疾飛貌。晨風。鸇也。鬱。茂盛貌。君子。指其夫也。欽欽。憂而不忘之貌。○婦人以夫不在。而言鴥彼晨風。則歸于鬱然之北林矣。故我未見君子。而憂心欽欽也。彼君子者。如之何而忘我之多乎。此與扊扅之歌同意。蓋秦俗也。【音釋】扊。以冉反。扅。弋之反。戶扃也。百里奚之妻歌曰。百里奚。五羊皮。始別時。烹伏雌。炊扊扅。今日富貴忘我爲

○山有苞櫟（盧狄反。叶歷各反）。隰有六駁（邦角反）。未見君子。憂心靡樂（音洛）。如何如何。忘我實多。

興也。駁。梓榆也。其皮青白如駁。○山則有苞櫟矣。隰則有六駁矣。未見君子。則憂心靡樂矣。靡樂則憂之甚也。

○山有苞棣（音悌）。隰有樹檖。未見君子。憂心如醉。如何如何。忘我實多。

興也。棣。唐棣也。檖。赤羅也。實似梨而小。酢可食。如醉。則憂又甚矣。【音釋】酢。七故反

晨風三章章六句

豈曰無衣。與子同袍。抱毛反叶步謀反 王于興師。修我戈矛。與子同仇

賦也。袍。襺也。戈。長六尺六寸。矛。長二丈。王于興師。以天子之命而興師也。○秦俗强悍。樂於戰闘。故其人平居而相謂曰。豈以子之無衣。而與子同袍乎。蓋以王于興師。則將修我戈矛。而與子同仇也。其懽愛之心。足以相死如此。蘇氏曰。秦本周地。故其民猶思周之盛時而稱先王焉。或曰。興也。取與子同三字爲義。後章放此。【音釋】襺古典反

○豈曰無衣。與子同澤。叶徒洛反 王于興師。修我矛戟。叶訖約反 與子偕作

賦也。澤。裏衣也。以其親膚近於垢澤。故謂之澤。戟。車戟也。長丈六尺【音釋】澤。即襗。蓋古字通也。說文。襗。絝也。絝。即袴

○豈曰無衣。與子同裳。王于興師。修我甲兵。叶晡茫反 與子偕行。叶户郎反

賦也。行。往也。

無衣三章章五句

秦人之俗。大抵尚氣槩。先勇力。忘生輕死。故其見於詩如此。然本其初而論之

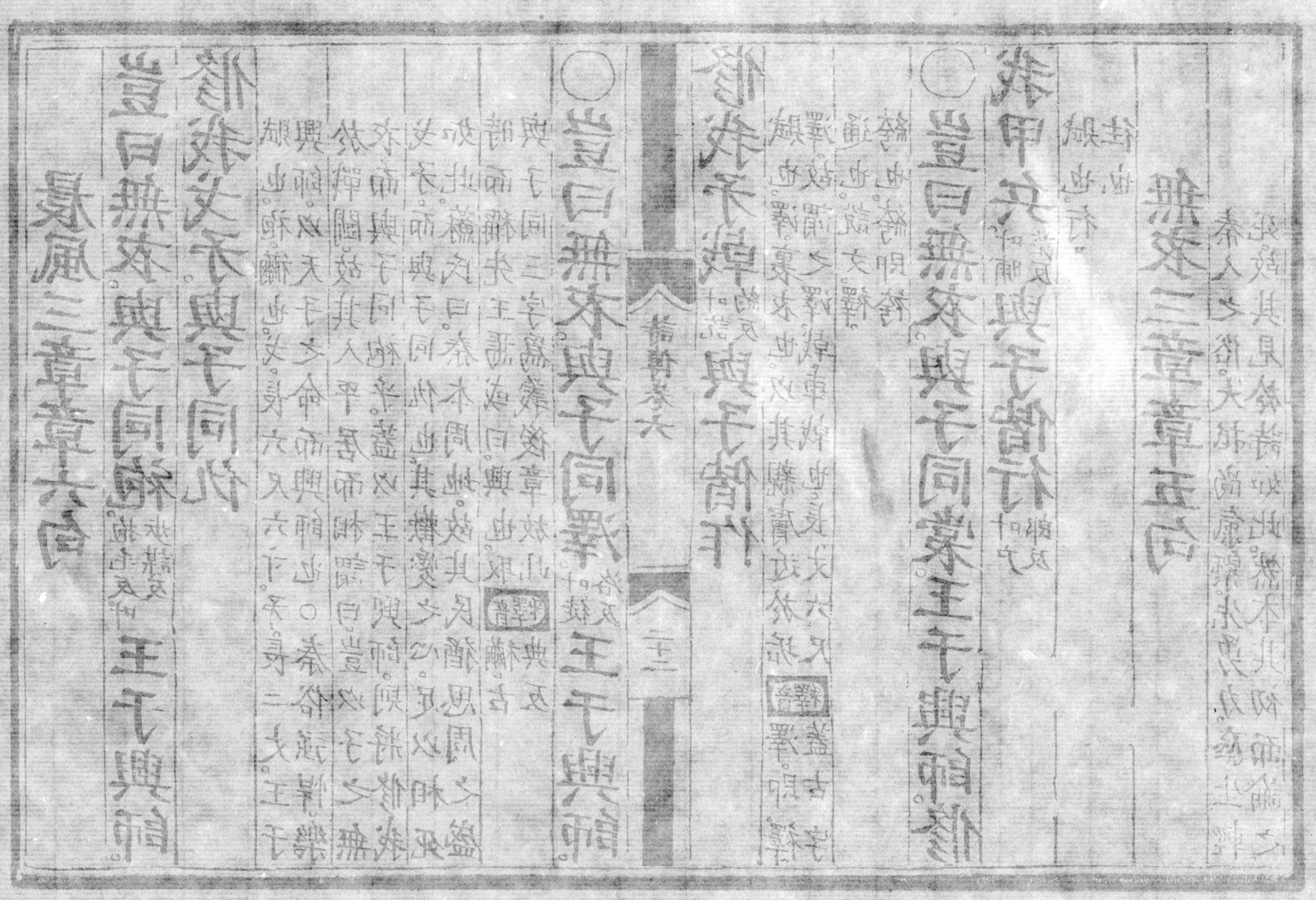

岐豐之地。文王用之以興二南之化。如彼其忠且厚也。秦人用之未幾。而一變其俗至於如此。則已悍然有招八州。而朝同列之氣矣。何哉。雍州土厚水深。其民厚重質直。無鄭衛驕惰浮靡之習。以善導之則易以興起而篤於仁義。以猛驅之則其強毅果敢之資。亦足以彊兵力農而成富彊之業。非山東諸國所及也。嗚呼。後世欲爲定都立國之計者。誠不可不監乎此。而凡爲國者。其於導民之路。尤不可不審其所之也

音釋

招音喬。舉也。朝。音潮。易。以豉反

我送舅氏。曰至渭陽。何以贈之。路車乘繩證反黃。

賦也。舅氏。秦康公之舅晉公子重耳也。出亡在外。穆公召而納之。時康公爲太子。送之渭陽而作此詩。渭水名。秦時都雍。至渭陽者。蓋東行送之於咸陽之地也。路車。諸侯之車也。乘黃。四馬皆黃也。

○我送舅氏。悠悠我思。叶新齎反何以贈之。瓊瑰古回反玉佩。叶蒲眉反

賦也。悠悠。長也。序以爲時康公之母穆姬已卒。故康公送其舅而念母之不見也。或曰。穆姬之卒。不可考。此但別其舅而懷思耳。瓊瑰。石而次玉。

渭陽二章章四句

按春秋傳晉獻公烝於齊姜生秦穆夫人太子申生娶犬戎胡姬生重耳小戎子生夷吾驪姬生奚齊其娣生卓子驪姬譖申生申生自殺又譖二公子二公子皆出奔獻公卒奚齊卓子繼立皆爲大夫里克所弒秦穆公納夷吾是爲惠公卒子圉立是爲懷公立之明年秦穆公又召重耳而納之是爲文公王氏曰至渭陽者送之遠也悠悠我思者思之長也路車乘黃瓊瑰玉佩者贈之厚也廣漢張氏曰康公爲太子送舅氏而念母之不見是固良心也而卒不能自克於令狐之役怨欲害乎良心也使康公知循是心養其端而充之則怨欲可消矣

於我乎夏屋渠渠今也每食無餘于音吁嗟乎不承權輿

賦也夏大也渠渠深廣貌承繼也權輿始也○此言其君始有渠渠之夏屋以待賢者而其後禮意寖衰供億寖薄至於賢者每食而無餘於是歎之言不能繼其始也

○於我乎每食四簋叶已有反今也每食不飽叶補苟反于嗟乎不承權輿

賦也簋瓦器容斗二升方曰簠圓曰簋簠盛稻粱簋盛黍稷四簋禮食之盛也

權輿二章章五句

漢楚元王敬禮申公白公穆生穆生不嗜酒元王每置酒嘗爲穆生設醴及王戊即位常設後忘設焉穆生退曰可以逝矣醴酒不設王之意怠不去楚人將鉗我於市遂稱疾申公白公强起之曰獨不念先王之德歟今王一旦失小禮何足至此穆生曰先王之所以禮吾三人者爲道之存故也今而忽之是忘道也忘道之人胡可與久處豈爲區區之禮哉遂謝病去亦此詩之意也

音釋

鉗巨廉反强上聲處上聲

秦國十篇二十七章一百八十一句

詩卷之七

陳一之十二

朱熹集傳

陳，國名。大皥伏羲氏之墟。在禹貢豫州之東。其地廣平，無名山大川。西望外方，東不及孟諸。周武王時，帝舜之胄有虞閼父爲周陶正。武王賴其利器用，與其神明之後，以元女大姬妻其子滿，而封之于陳，都於宛丘之側。與黃帝帝堯之後共爲三恪，是爲胡公。大姬婦人尊貴，好樂巫覡歌舞之事，其民化之。今之陳州，即其地也。

音釋 閼，於葛反。父，甫武反。大，音泰。妻，七計反。樂記：武王封堯帝之後於薊，封帝堯之後於祝，帝舜之後於陳，封夏之後於杞，殷之後於宋。是知陳與薊祝爲三恪，而謂虞夏商之後者，非矣。疏：恪，敬也。王者敬先代，封其後三恪，尊於諸帝，年於二王之後。好，呼報反。覡，胡狄反，女曰巫，男曰覡。

子之湯他郎他浪二反兮，宛丘之上辰羊辰亮二反兮。洵音荀有情兮，而無望武方武放二反兮。

賦也。子，指遊蕩之人也。湯，蕩也。四方高中央下曰宛丘。洵，信也。望，人所瞻望也。○國人見此人常遊蕩於宛丘之上，故叙其事以刺之。言雖信有情思而可樂矣，然無威儀可瞻望。

也
【音釋】思。息字反。樂。音洛
○坎其擊鼓宛丘之下。叶後五反無冬無夏。
叶與下同值直置反其鷺羽
賦也。坎。擊鼓聲。值。植也。鷺。春鉏。今鷺鷥。好而
潔白。頭上有長毛十數枚。羽。以其羽爲翳。舞
者持以指麾也。言無時
不出遊而鼓舞於是也
○坎其擊缶。方有反宛丘之道。叶徒厚反無冬無
夏。值其鷺翿。音導。叶殖有反
賦也。缶。瓦器。可
以節樂。翿。翳也

宛丘三章章四句
東門之枌。符云反宛丘之栩。況甫反子仲之子。
婆娑素何反其下叶後五反
賦也。枌。白楡也。先生葉。卻著莢。皮色白。子仲
之子。子仲氏之女也。婆娑。舞貌。○此男女聚
會歌舞而賦其
事以相樂也
【音釋】著。陟畧反
○穀旦于差。初佳反。叶七何反南方之原。無韻未詳不績
其麻。叶謨婆反市也婆娑
賦也。穀。善。差。擇也。○既差擇善旦以會于南
方之原。於是棄其業以舞於市而往會也

○穀旦于逝。越以鬷（子反）邁。（叶力制反）視爾如荍。（祁饒反）貽我握椒。

賦也。逝。往。越。於。鬷。衆也。邁。行也。荍。芘芣也。又名荊葵。紫色。椒。芬芳之物也。○言又以善旦而往。於是以其衆行。而男女相與道其慕悅之詞曰。我視爾顏色之美。如芘芣之華。於是遺我以一握之椒。而交情好也。【音釋】女。音汝。芘。音毗。芣。音浮。遺。于醉反。好。呼報反。

東門之枌三章章四句

衡門之下。可以棲（音西）遲。泌（悲位反）之洋洋。可以樂（音洛）飢。

賦也。衡門。橫木爲門也。門之深者有阿塾堂宇。此惟橫木爲之。棲遲。遊息也。泌。泉水也。洋洋。水流貌。○此隱居自樂而無求者之詞。言衡門雖淺陋。然亦可以遊息。泌水雖不可飽。然亦可以玩樂而忘飢也。

○豈其食魚。必河之魴。（音房）豈其取（音娶）妻。必齊之姜。

賦也。姜。齊姓。

○豈其食魚。必河之鯉。豈其取妻。必宋之子。（叶將六里后八）

賦也。子。宋姓

衡門三章章四句

東門之池。可以漚烏豆反麻。叶謨婆反彼美淑姬。可與晤五故反歌。

興也。池。城池也。漚。漬也。治麻者必先以水漬之。晤。猶解也。○此亦男女會遇之詞。蓋因其會遇之地所見之物以起興也。

○東門之池。可以漚紵直呂反。彼美淑姬。可與晤語。

興也。紵。麻屬。

○東門之池。可以漚菅。古顏反叶居賢反彼美淑姬。可與晤言。

興也。菅。葉似茅而滑澤。莖有白粉。柔韌宜為索也。

東門之池三章章四句

東門之楊。其葉牂牂。子桑反昏以為期。明星煌煌。

興也。東門。相期之地也。楊。柳之揚起者也。牂牂。盛貌。明星。啓明也。煌煌。大明貌。○此亦男

女期會而有負約不至者。故因其所見以起興也

〇東門之楊。其葉肺肺。（普計反）昏以爲期。明星晢晢。（之世反）

興也。肺肺。猶牂牂也。晢晢。猶煌煌也。

東門之楊二章章四句

墓門有棘。斧以斯（所宜反）之。夫也不良。國人知之。知而不已。誰昔然矣

興也。墓門。凶僻之地。多生荆棘。斯。析也。夫。指所刺之人也。誰昔。昔也。猶言疇昔也。〇言墓

門有棘。則斧以斯之矣。此人不良。則國人知之矣。國人知之。猶不自改。則自疇昔而已然。非一日之積矣。所謂不良之人。亦不知其何所指也

〇墓門有梅。有鴞萃止。夫也不良。歌以訊（叶息悴反）之。訊予不顧。（叶果五反）顛倒思予（叶演女反）

興也。鴞。惡聲之鳥也。萃。集。訊。告也。顛倒。狼狽之狀。〇墓門有梅。則有鴞萃之矣。夫也不良。則有歌其惡以訊之者矣。訊之而不予顧。至於顛倒然後思予。則豈有所及哉。或曰訊予之予。疑當依前章作而字

墓門二章章六句

防有鵲巢。邛其恭反有旨苕。徒雕反又徒刀反誰侜陟留反予美。心焉忉忉都勞反

興也。防。人所築以捍水者。邛。丘。旨。美也。苕。苕饒也。莖如勞豆而細。葉似蒺藜而青。其莖葉綠色。可生食。如小豆藿也。侜。侜張也。猶鄭風之所謂迋也。予美。指所與私者也。忉忉。憂貌○此男女之有私。而憂或閒之之詞。故曰防則有鵲巢矣。邛則有旨苕矣。今此何人而侜張予之所美。使我憂之而至於忉忉乎。

音釋 迋。居望反 閒。居諫反

○中唐有甓蒲歷反邛有旨鷊。五歷反誰侜予美。心焉惕惕吐歷反

興也。廟中路謂之唐。甓。瓴甋也。鷊。小草。雜色如綬。惕惕。猶忉忉也。

音釋 瓴。音零。甋。都歷反

防有鵲巢二章章四句

月出皎兮。佼古卯反人僚音了兮。舒窈烏了反糾己小反兮。勞心悄七小反兮

興也。皎。月光也。佼人。美人也。僚。好貌。窈。幽遠也。糾。愁結也。悄。憂也。○此亦男女相悅而相念之詞。言月出則皎然矣。佼人則僚然矣。安得見之。而舒窈糾之情乎。是以爲之勞心而悄然也

○月出皓（朝老反）兮。佼人懰（力久反叶朗老反）兮。舒懮（於久反）受（叶時倒反）兮。勞心慅（七老反）兮。

興也。懰，好貌。懮受，憂思也。慅，猶悄也。

○月出照兮。佼人燎（力召反）兮。舒夭（於表反）紹（實照反）兮。勞心慘（當作懆。七弔反）兮。

興也。燎，明也。夭紹，糾緊之意。慘，憂也。

月出三章，章四句。

胡爲乎株林。從夏（戶雅反）南（叶尼心反，下同）。匪適株林。從夏南。

賦也。株林，夏氏邑也。夏南，徵舒字也。○靈公淫於夏徵舒之母，朝夕而往夏氏之邑。故其民相與語曰：君胡爲乎株林乎？曰：從夏南耳。然則非適株林也，特以從夏南故耳。蓋淫乎夏姬不可言也，故以從其子言之。詩人之忠厚如此。

○駕我乘（繩證反）馬（叶滿補反），說（音稅）于株野（叶上與反）。乘（平聲）我乘駒，朝食于株。

賦也。說，舍也。馬六尺以下曰駒。

株林二章，章四句。

春秋傳夏姬鄭穆公之女也嫁於陳大夫夏御叔靈公與其大夫孔寧儀行父通焉洩冶諫不聽而殺之後卒爲其子徵舒所弑而徵舒復爲楚莊王所誅

彼澤之陂（叶音波）有蒲與荷（音何）有美一人傷如之何寤寐無爲涕（他弟反）泗（音四）滂（普光反）沱（徒何反）

興也陂澤障也蒲水草可爲席者荷芙蕖也自目曰涕自鼻曰泗○此詩之旨與月出相類言彼澤之陂則有蒲與荷矣有美一人而不可見則雖憂傷而如之何哉寤寐無爲涕泗滂沱而已矣

【音釋】月出男子思婦人也澤陂婦人思男子也

○彼澤之陂有蕑（古顏反叶居賢反）有美一人碩大且卷（其員反）寤寐無爲中心悁悁（烏玄反）

興也蕑蘭也卷鬢髮之美也悁悁猶悒悒也

○彼澤之陂有蒲菡（戶感反）萏（大感反叶待掩反）有美一人碩大且儼（魚檢反）寤寐無爲輾轉伏枕（叶知險反）

興也菡萏荷華也儼矜莊貌輾轉伏枕臥而不寐思之深且久也

澤陂三章章六句

陳國十篇二十六章一百二十四句

東萊呂氏曰。變風終於陳靈。其間男女夫婦之詩一何多邪。曰。有天地然後有萬物。有萬物然後有男女。有男女然後有夫婦。有夫婦然後有父子。有父子然後有君臣。有君臣然後有上下。有上下然後禮義有所錯。男女者。三綱之本。萬事之先也。正風之所以為正者。舉其正者以勸之也。變風之所以為變者。舉其不正者以戒之也。道之升降。時之治亂。俗之汙隆。民之死生。於是乎在。錄之煩悉。篇之重複。亦何疑哉

音釋 錯。音厝。 重。平聲

檜一之十三

檜。國名。高辛氏火正祝融之墟。在禹貢豫州外方之北。滎波之南。居溱洧之間。其君妘姓。祝融之後。周衰為鄭桓公所滅而遷國焉。今之鄭州即其地也。蘇氏以為檜詩皆為鄭作。如邶鄘之於衛也。未知是否。

羔裘逍遙。狐裘以朝。直遙反叶直勞反 豈不爾思。勞心忉忉。音刀

賦也。緇衣羔裘。諸侯之朝服。錦衣狐裘。其朝天子之服也。舊說檜君好潔其衣服逍遙遊

宴。而不能自强於政治。故詩人憂之

○羔裘翱翔。狐裘在堂。豈不爾思。我心憂傷

賦也。翱翔。猶逍遥也。堂。公堂也。

○羔裘如膏。古報反。日出有曜。羊照反。叶羊號反。豈不爾思。中心是悼

賦也。膏。脂所漬也。日出有曜。日照之則有光也。

羔裘三章章四句

庶見素冠兮。棘人欒欒。力端反。兮。勞心慱慱。徒端反。兮

賦也。庶。幸也。縞冠素紕。既祥之冠也。黑經白緯曰縞。緣邊曰紕。棘。急也。喪事欲其總總爾。哀遽之狀也。欒欒。瘠貌。慱慱。憂勞之貌。○祥冠。祥則冠之。禫則除之。今人皆不能行三年之喪矣。安得見此服乎。當時賢者庶幾見之。至於憂勞也。【音釋】縞。古老反。紕。並移反。則冠之冠。去聲。禫。徒感反。除服祭名

○庶見素衣兮。我心傷悲兮。聊與子同歸兮

賦也。素冠則素衣矣。與子同歸。愛慕之詞也。

○庶見素韠兮。我心蘊結兮。

（韠，音畢。蘊，於粉反。結，叶訖力反。）

賦也。韠。蔽膝也。以韋為之。冕服謂之韍。其餘曰韠。韠從裳色。素衣素裳。則素韠矣。蘊結。思之不解也。與子如一。甚於同歸矣。

音釋　韍。分勿反

聊與子如一兮。

素冠三章章三句

按喪禮。為父為君。斬衰三年。昔宰予欲短喪。夫子曰。予生三年。然後免於父母之懷。予也有三年之愛於其父母乎。三年之喪。天下之通喪也。傳曰。子夏三年之喪畢。見於夫子。援琴而弦。衎衎而樂。作而曰。先王制禮。不敢不及。夫子曰。君子也。閔子騫三年之喪畢。見於夫子。援琴而弦。切切而哀。作而曰。先王制禮。不敢過也。夫子曰。君子也。子路曰。敢問何謂也。夫子曰。子夏哀已盡。能引而致之於禮。故曰君子也。閔子騫哀未盡。能自割以禮。故曰君子也。夫三年之喪。賢者之所輕。不肖者之所勉。

音釋　為。于僞反。衰。倉回反。見。賢遍反。援。于元反。衎。苦旦反。夫三之夫。音扶。

隰有萇楚。猗儺其枝。夭之沃沃。樂子之無知。

（萇，丈羊反。猗，於可反。儺，乃可反。夭，於驕反。沃，烏毒反。樂，音洛。）

賦也。萇楚，銚弋。今羊桃也。子如小麥，亦似桃。猗儺，柔順也。夭，少好貌。沃沃，光澤貌。子指萇楚也。○政煩賦重，人不堪其苦，歎其不如草木之無知而無憂也。音釋 少，詩照反

○隰有萇楚，猗儺其華。（芳無胡瓜二反）夭之沃沃，樂子之無家。（古胡古牙二反）

賦也。無家，言無累也。音釋 累，良僞反

○隰有萇楚，猗儺其實。夭之沃沃，樂子之無室。

賦也。無室，猶無家也。

隰有萇楚三章，章四句

匪風發（叶方月反）兮，匪車偈（起竭反）兮。顧瞻周道，中心怛（都達反叶旦悅反）兮。

賦也。發，發。飄揚貌。偈，偈。疾驅貌。周道，適周之路也。怛，傷也。○周室衰微，賢人憂歎而作此詩。言常時風發而車偈，則中心怛然。今非風發也，非車偈也，特顧瞻周道而思王室之陵遲，故中心爲之怛然耳。

○匪風飄（符遙反叶匹妙反）兮，匪車嘌（匹遙反叶匹妙反）兮。顧瞻周道，中心弔兮。

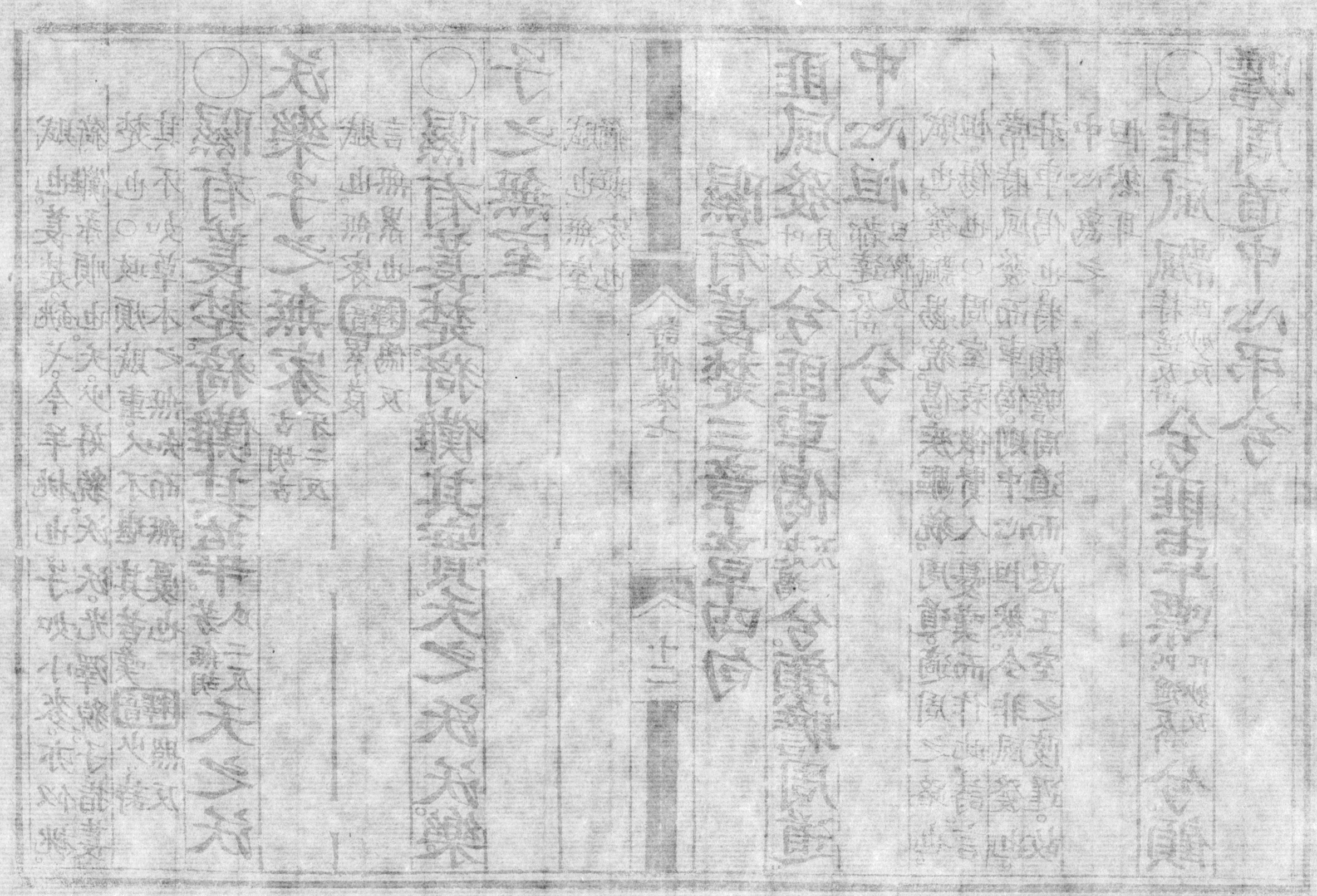

賦也。回風曰飄。嘌漂搖不安之貌。弔。亦傷也

○誰能亨普庚反魚。溉古愛反之釜符甫反鬵。音尋誰將西歸。懷之好音

興也。溉。滌也。鬵。釜屬。西歸。歸于周也○誰能亨魚乎。有則我願爲之溉其釜鬵。誰將西歸乎。有則我願慰之以好音。以見思之之甚。但有西歸之人。即思有以厚之也

匪風三章章四句

檜國四篇十二章四十五句

曹一之十四

曹。國名。其地在禹貢兗州陶丘之北。雷夏荷澤之野。周武王以封其弟振鐸。今之曹州。即其地也

蜉蝣之羽。衣裳楚楚叶創舉反心之憂矣於我歸處

比也。蜉蝣。渠略也。似蛣蜣。身狹而長角。黃黑色。朝生暮死。楚楚。鮮明貌○此詩蓋以時人有玩細娛而忘遠慮者。故以蜉蝣爲比而刺之。言蜉蝣之羽翼。猶衣裳之楚楚可愛也。然其朝生暮死。不能久存。故我心憂之。而欲其於我歸處耳。序以爲刺其君。或然而未有考也

音釋 蛣。去吉反。蜣。去王反。爾雅。身狹而長有角。傳當有有字

○蜉蝣之翼。采采衣服。叶蒲北反心之憂矣。

於我歸息。

比也。采采。華飾也。息。止也。

○蜉蝣掘閱。求勿反麻衣如雪。心之憂矣。

於我歸說。音稅叶輸藝反

比也。掘閱。未詳。說。舍息也。

蜉蝣三章章四句

彼候人兮。何何可反戈與祋。都律都外二反彼其音記

之子。三百赤芾。芳勿蒲昧二反

興也。候人。道路迎送賓客之官。何。揭。祋。殳也。之子。指小人。芾。冕服之韠也。一命縕芾黝珩。再命赤芾黝珩。三命赤芾蔥珩。大夫以上。赤芾乘軒。○此刺其君遠君子而近小人之詞。言彼候人而何戈與祋者。宜也。彼其之子而三百赤芾。何哉。晉文公入曹。數其不用僖負羈。而乘軒者三百人。其謂是歟。

音釋 周禮。公侯伯之卿三命。下大夫再命。上士一命。曹爲伯爵。大夫再命。是大夫以上皆得服赤芾。於法又得乘軒。縕。音溫。赤黃之間色。所謂韎也。黑謂之黝。青謂之蔥。黝。於九反

○維鵜徒低反在梁。不濡其翼。彼其之子。

不稱。尺證反 其服叶蒲北反

興也。鵜，洿澤水鳥，俗所謂淘河也。

○維鵜在梁，不濡其咮。陟救反 彼其之子，不遂其媾。古豆反

興也。咮，喙。遂，稱。媾，寵也。遂之爲稱，猶今人謂遂意爲稱意。

○薈烏會反兮蔚於貴反兮，南山朝隮。子兮反 婉於阮反兮孌力轉反兮，季女斯飢。

比也。薈蔚，草木盛多之貌。朝隮，雲氣升騰也。婉，少貌。孌，好貌。○薈蔚朝隮，言小人衆多而氣燄盛也。季女婉孌自保，不妄從人，而反飢困。言賢者守道而反貧賤也。

候人四章章四句

鳲鳩在桑，其子七兮。淑人君子，其儀一兮。其儀一兮，心如結兮。叶訖力反

興也。鳲鳩，秸鞠也，亦名戴勝，今之布穀也。飼子朝從上下，暮從下上，平均如一也。如結，如物之固結而不散也。○詩人美君子之用心均平專一，故言鳲鳩在桑，則其子七矣；淑人君子，則其儀一矣。其儀一，則心如結矣。然不知其何所指也。陳氏曰：君子動容貌，斯遠暴慢；正顏色，斯近信；出辭氣，斯遠鄙倍。其見於威儀動作之間者，有常度矣，豈固爲是拘拘

者哉。蓋和順積中。而英華發外。是以由其威儀一於外。而心如結於內者。從可知也

音釋

秸 戛吉二音。鞠 音菊。爾雅作鴶鵴。又名穫穀

○鳲鳩在桑。其子在梅。叶莫悲反 淑人君子。其帶伊絲。叶新齋反 其帶伊絲。其弁伊騏。音其

興也。鳲鳩常言在桑。其子每章異木。子自飛去。母常不移也。帶。大帶也。大帶用素絲。有雜色飾焉。弁。皮弁也。騏。馬青黑色者。弁之色亦如此也。書云。四人騏弁。今作綦。言鳲鳩在桑。則其子在梅矣。淑人君子。則其帶伊絲矣。其帶伊絲。則其弁伊騏矣。言有常度不差忒也

○鳲鳩在桑。其子在棘。淑人君子。其儀不忒。叶他得反 其儀不忒。正是四國。叶于逼反

興也。有常度。而其心一。故儀不忒。儀不忒。則足以正四國矣。大學傳曰。其爲父子兄弟足法。而後民法之也

○鳲鳩在桑。其子在榛。側巾反 淑人君子。正是國人。正是國人。胡不萬年。叶尼因反

興也。儀不忒。故能正國人。胡不萬年。願其壽考之詞也

鳲鳩四章章六句

冽(音列)彼下泉，浸彼苞稂(音郎)。愾(苦愛反)我寤嘆，念彼周京(叶居良反)。

比而興也。冽，寒也。下泉，泉下流者也。苞，草叢生也。稂，童粱，莠屬也。愾，歎息之聲也。周京，天子所居也。○王室陵夷，而小國困弊，故以寒泉下流而苞稂見傷爲比，遂興其愾然以念周京也。

○冽彼下泉，浸彼苞蕭(叶疎鳩反)。愾我寤嘆，念彼京周。

比而興也。蕭，蒿也。京周，猶周京也。

○冽彼下泉，浸彼苞蓍(音尸)。愾我寤嘆，念彼京師(叶霜夷反)。

比而興也。蓍，筮草也。京師，猶京周也。詳見大雅公劉篇。

○芃芃(薄工反)黍苗，陰雨膏(古報反)之。四國有王，郇(音荀)伯勞(力報反)之。

比而興也。芃芃，美貌。郇伯，郇侯，文王之後，嘗爲州伯，治諸侯有功。○言黍苗既芃芃然矣，又有陰雨以膏之；四國既有王矣，而又有郇伯以勞之。傷今之不然也。

下泉四章，章四句。

詩卷之八

朱熹集傳

豳一之十五

豳，國名。在禹貢雍州岐山之北，原隰之野。虞夏之際，棄爲后稷，而封於邰。及夏之衰，棄稷不務，棄子不窋失其官守，而自竄於戎狄之間。不窋生鞠陶，鞠陶生公劉，能復脩后稷之業，民以富實，乃相土地之宜，而立國於豳之谷焉。十世而大王徙居岐山之陽。十二世而文王始受天命。十三世而武王遂爲天子。武王崩，成王立。年幼不能涖阼，周公旦以冢宰攝政，乃述后稷公劉之化，作詩一篇以戒成王，謂之豳風。而後人又取周公所作，及凡爲周公而作之詩以附焉。豳在今邠州三水縣。邰在今京兆府武功縣。

音釋　窋，竹律反

七月流火（叶虎委反），九月授衣（叶上聲）。一之日觱（音必）發（叶方吠反），二之日栗烈（叶力制反）。無衣無褐（音曷，叶許例反），何以卒歲（或曰：發、烈、褐皆如字，而歲讀如雪）。三之日于耜（叶羊里反），四之日舉趾。同我婦子（叶獎里反），饁（炎輒反）彼南畝（叶滿彼反）。田畯（音俊）至喜。

賦也。七月，斗建申之月，夏之七月也。後凡言月者放此。流，下也。火，大火，心星也。以六月之

昏加於地之南方。至七月之昏，則下而西流矣。九月霜降始寒，而蠶績之功亦成，故授人以衣，使禦寒也。一之日，謂斗建子一陽之月。二之日，謂斗建丑二陽之月也。變月言日，言是月之日也。後凡言日者放此。蓋周之先公已用此以紀候，故周有天下，遂以爲一代之正朔也。觱發，風寒也。栗烈，氣寒也。褐，毛布也。歲，夏正之歲也。于，往也。耜，田器也。于耜，言往脩田器也。舉趾，舉足而耕也。我，家長自我也。饁，餉田也。田畯，田大夫，勸農之官也。○周公以成王未知稼穡之艱難，故陳后稷公劉風化之所由，使瞽矇朝夕諷誦以教之。此章首言七月暑退將寒，故九月而授衣以禦之。蓋十一月以後，風氣日寒，不如是則無以卒歲也。正月則往脩田器，二月則舉趾而耕。少者旣皆出而在田，故老者率婦子而餉之。治田

早而用力齊，是以田畯至而喜之也。此章前段言衣之始，後段言食之始。二章至五章，終前段之意。六章至八章，終後段之意。

○七月流火，九月授衣。春日載陽，有鳴倉庚。叶古郎反女執懿筐，遵彼微行，叶户郎反爰求柔桑。春日遲遲，采蘩祁祁。巨之反女心傷悲，殆及公子同歸。

賦也。載，始也。陽，溫和也。倉庚，黄鸝也。懿，深美也。遵，循也。微行，小徑也。柔桑，穉桑也。遲遲，日長而暄也。蘩，白蒿也，所以生蠶，今人猶用之。蓋蠶生未齊，未可食桑，故以此啖之也。祁祁，

衆多也。或曰徐也。公子，豳公之子也。再言流火授衣者，將言女功之始。故又本於此。遂言春日始和，有鳴倉庚之時，而蠶始生，則執深筐以求穉桑。然又有生而未齊者，則采蘩者衆。而此治蠶之女，感時而傷悲。蓋是時公子猶娶於國中，而貴家大族連姻公室者，亦無不力於蠶桑之務。故其許嫁之女，預以將及公子同歸，而遠其父母爲悲也。其風俗之厚，而上下之情，交相忠愛如唉音溪。遠。此。後章凡言公子者放此。

音釋 于顒反

○七月流火。八月萑戶官反葦。韋鬼反蠶月條它彫反桑。取彼斧斨。七羊反以伐遠揚。猗於宜反彼女桑。七月鳴鵙。圭覓反八月載績。載玄載黃。我朱孔陽。爲公子裳。

賦也。萑葦，即蒹葭也。蠶月，治蠶之月。條桑，枝落之，采其葉也。斧，隋銎。斨，方銎。遠揚，遠枝揚起者也。取葉存條曰猗。女桑，小桑也。小桑不可條取，故取其葉而存其條，猗猗然耳。鵙，伯勞也。績，緝也。玄，黑而有赤之色。朱，赤色。陽，明也。○言七月暑退將寒，而是歲禦冬之備，亦庶幾其成矣。又當預擬來歲治蠶之用，故於八月萑葦既成之際，而收蓄之，將以爲曲薄。至來歲治蠶之月，則采桑以供蠶食，而大小畢取。見蠶盛而人力至也。蠶事既備，又於鳴鵙之後，麻熟而可績之時，則績其麻以爲布。而凡此蠶績之所成者，皆染之，或玄或黃，而其朱者尤爲鮮明，皆以供上而爲公子之裳。言勞於其事而不自愛以奉其上，蓋至誠慘

恒之意。上以是施之，下以是報之也。以上二章專言蠶績之事，以終首章前段無衣之意。

音釋 隋，徒禾、湯果二反。狹而長也。銎，曲容反。斧斤受柄處也。

○四月秀葽於遙反，五月鳴蜩徒彫反。八月其穫戶郭反，十月隕于敏反蘀音託。一之日于貉戶各反，取彼狐狸力之反，為公子裘叶渠之反。二之日其同，載纘子管反武功。言私其豵子公反，獻豜古年反于公。

賦也。不榮而實曰秀。葽，草名。蜩，蟬也。穫，禾之早者可穫也。隕，墜。蘀，落也。謂草木隕落也。貉，狐貍也。于貉，猶言于耜，謂往取狐貍也。同，竭作以狩也。纘，習而繼之也。豵，一歲豕。豜，三歲豕。○言自四月純陽而歷一陰，四陰以至純陰之月，則大寒之候將至，雖蠶桑之功無所不備，猶恐其不足以禦寒，故于貉而取狐貍之皮，以為公子之裘也。獸之小者私之以為己有，而大者則獻之於上，亦愛其上之無已也。此章專言狩獵，以終首章前段無褐之意。

音釋 地官小司徒：凡起徒役，毋過家一人，以其餘為羨。卒，惟田與追胥竭作。鄭司農云：田，獵也。追，寇賊也。竭作，盡行也。

○五月斯螽音終動股，六月莎素和反雞振羽。七月在野叶上與反，八月在宇，九月在戶。

後五反

十月蟋蟀入我牀下。叶後五反。八字一句 穹 起弓反 窒

珍悉反 熏 許云反 鼠塞向墐 音覲 户。同上 嗟我婦子。

叶兹五反 曰爲改歲。入此室處

賦也。斯螽、莎雞、蟋蟀，一物隨時變化而異其名。動股，始躍而以股鳴也。振羽，能飛而以翅鳴也。宇，簷下也。暑則在野，寒則依人。穹，空隙也。窒，塞也。向，北出牖也。墐，塗也。庶人篳户，冬則塗之。東萊呂氏曰：十月而曰改歲，三正之通於民俗尚矣。周特舉而迭用之耳。○言觀蟋蟀之依人，則知寒之將至矣。於是室中空隙者塞之，熏鼠使不得穴於其中，塞向以當北風，墐户以禦寒氣，而語其婦子曰：歲將改矣，天既寒而事亦已，可以入此室處矣。此見

老者之愛也。此章亦以終首章前段禦寒之意。

○六月食鬱及薁。於六反 七月亨 普庚反 葵及菽。音叔 八月剝 普卜反 棗。叶音走 十月穫稻。叶徒苟反 爲此春酒。以介眉壽。叶殖酉反 七月食瓜 叶音孤 八月斷壺。九月叔苴。七餘反 采荼 音徒 薪樗。敕書反 食 音嗣 我農夫

賦也。鬱，棣屬。薁，蘡薁也。葵，菜名。菽，豆也。剝，擊也。穫稻以釀酒也。介，助也。介眉壽者，頌禱之詞也。壺，瓠也。食瓜、斷壺，亦去圃爲場之漸也。叔，拾也。苴，麻子也。荼，苦菜也。樗，惡木也。○自

此至卒章，皆言農圃飲食祭祀燕樂，以終首章後段之意。而此章果酒嘉蔬以供老疾奉賓祭，瓜瓠苴荼以爲常食，少長之義，豐儉之節然也。音釋 少，式照反。長，知丈反。

○九月築場圃（博故反），十月納禾稼（叶古護反）。黍稷重（直容反）穋（音六，叶六直反），禾麻菽麥（叶訖力反）。嗟我農夫，我稼既同，上入執宮功。晝爾于茅，宵爾索綯（徒刀反），亟（紀力反）其乘屋，其始播百穀。

賦也。場圃同地，物生之時，則耕治以爲圃而種菜茹；物成之際，則築堅之以爲場而納禾稼。蓋自田而納之於場也。禾者，穀連藁秸之總名。禾之秀實而在野者曰稼。先種後熟曰重，後種先熟曰穋。再言禾者，稻秫苽粱之屬皆禾也。同，聚也。宮，邑居之宅也。古者民受五畝之宅，二畝半爲廬在田，春夏居之；二畝半爲宅在邑，秋冬居之。功，葺治之事也。或曰：公室官府之役也。古者用民之力，歲不過三日是也。索，絞也。綯，索也。乘，升也。○言納於場者無所不備，則我稼同矣，可以上入都邑而執治宮室之事矣。故晝往取茅，夜而絞索，亟升其屋而治之，蓋以來歲將復始播百穀，而不暇於此故也。不待督責而自相警戒不敢休息如此。呂氏曰：此章終始農事，以極憂勤艱難之意。音釋 秫，音述。苽，音孤。韻會：雕苽也。亦作雕胡。

○二之日鑿冰沖沖。三之日納于凌力證反陰。叶於容反四之日其蚤。音早獻羔祭韭。音九叶巳小反

九月肅霜。十月滌徒力反場。朋酒斯饗。叶虛良反曰殺羔羊。躋子奚反彼公堂。稱彼兕觥。觥彭反叶古黃反萬壽無疆。

賦也。鑿冰，謂取冰於山也。沖沖，鑿冰之意。周禮正歲十二月令斬冰是也。納，藏也。藏冰所以備暑也。凌，陰冰室也。豳土寒多，正月風未解凍，故冰猶可藏也。蚤，蚤朝也。韭，菜名。獻羔祭韭而後啓之。月令，仲春獻羔開冰，先薦寢廟是也。蘇氏曰，古者藏冰發冰，以節陽氣之

盛。夫陽氣之在天地，譬猶火之著於物也。故常有以解之。十二月陽氣蘊伏，錮而未發，其盛在下，則納冰於地中。至於二月，四陽作，蟄蟲起，陽始用事，則亦始啓冰而廟薦之。至於四月，陽氣畢達，陰氣將絕，則冰於是大發。食肉之祿，老病喪浴，冰無不及。是以冬無愆陽，夏無伏陰，春無凄風，秋無苦雨，雷出不震，無災霜雹，癘疾不降，民不夭札也。胡氏曰，藏冰開冰，亦聖人輔相燮調之一事耳，不專恃此以為治也。肅霜，氣肅而霜降也。滌場者，農事畢而掃場地也。兩尊曰朋。鄉飲酒之禮，兩尊壺于房戶間是也。躋，升也。公堂，君之堂也。稱，舉也。疆，竟也。○張子曰，此章見民忠愛其君之甚，既勸趨其藏冰之役，又相戒速畢場功，殺羊以獻于公，舉酒而祝其壽也。

【音釋】左傳註，食肉之祿，謂在朝廷治其職事，就官食

者命婦大夫妻也老致仕在家者儀禮鄉飲酒尊兩壺於房戶閒注置酒曰尊今傳云兩尊壺恐傳寫之誤

七月八章章十一句

周禮籥章中春晝擊土鼓龡豳詩以逆暑中秋夜迎寒亦如之即謂此詩也王氏曰仰觀星日霜露之變俯察昆蟲草木之化以知天時以授民事女服事乎內男服事乎外上以誠愛下下以忠利上父父子子夫夫婦婦養老而慈幼食力而助弱其祭祀也時其燕饗也節此七月之義也

【音釋】龡即吹字杜子春云土鼓以瓦為匡以革為面

鴟鴞鴟鴞既取我子又叶入聲**無毀我室**又叶上聲**恩斯勤斯鬻子之閔斯**鬻由六反閔叶眉貧反

比也為鳥言以自比也鴟鴞鵂鶹惡鳥攫鳥子而食者也室鳥自名其巢也恩情愛也勤篤厚也鬻養閔憂也○武王克商使弟管叔鮮蔡叔度監于紂子武庚之國武王崩成王立周公相之而二叔以武庚叛且流言於國曰周公將不利於孺子故周公東征二年乃得管叔武庚而誅之而成王猶未知公之意也公乃作此詩以貽王託為鳥之愛巢者呼鴟鴞而謂之曰鴟鴞鴟鴞爾既取我之子矣無更毀我之室也以我情愛之心篤厚之意鬻養此子誠可憐憫今既取之其毒甚矣況又毀我室乎以比武庚既敗管蔡不可更毀

我王室也

○迨天之未陰雨，徹彼桑土（音杜，徒古反）綢繆（直留反，莫侯反）牖戶（後五反），今女（音汝）下民，或敢侮予（叶演女反）。

比也。迨，及。徹，取也。桑土，桑根也。綢繆，纏綿也。牖，巢之通氣處。戶，其出入處也。○亦爲鳥言：我及天未陰雨之時，而往取桑根，以纏綿巢之隙穴，使之堅固，以備陰雨之患。則此下土之民，誰敢有侮予者。亦以比己深愛王室，而預防其患難之意。故孔子贊之曰：爲此詩者，其知道乎。能治其國家，誰敢侮之。

○予手拮（音吉）据（音居），予所捋（力活反）荼，予所蓄租（子胡反），予口卒瘏（音徒），曰予未有室家（叶古胡反）。

比也。拮据，手口共作之貌。捋，取也。荼，雚苕，可藉巢者也。蓄，積。租，聚。卒，盡。瘏，病也。室家，巢也。○亦爲鳥言：作巢之始，所以拮据以捋荼蓄租，勞苦而至於盡病者，以巢之未成也。以比己之前日所以勤勞如此者，以王室之新造而未集故也。

音釋　藉，慈夜反

○予羽譙譙（在消反），予尾翛翛（素彫反），予室翹翹（祁消反），風雨所漂（匹遙反）搖，予維音嘵嘵（呼堯反，叶呼堯反）。

比也。譙譙，殺也。脩脩，敝也。翹翹，危也。嘵嘵，急也。○亦爲鳥言，羽殺尾敝，以成其室，而未定也。風雨又從而漂搖之，則我之哀鳴，安得而不急哉。以比已既勞悴，王室又未安，而多難乘之，則其作詩以喻王，亦不得而不汲汲也。【音釋】殺，所界反。

鴟鴞四章，章五句

事見書金縢篇

我徂東山，慆慆吐刀反不歸。無韻，未詳我來自東，零雨其濛。我東曰歸，我心西悲。制彼裳衣，勿士行戶郎反枚。叶謨悲反蜎蜎烏玄反者蠋，音蜀烝在桑野。叶上與反敦都迴反彼獨宿，亦在車下。叶後五反

章今分 章今宗

賦也。東山，所征之地也。慆慆，言久也。零，落也。濛，雨貌。裳衣，平居之服也。勿士行枚，未詳其義。鄭氏曰：士，事也。行，陣也。枚，如箸，銜之，有繣結項中，以止語也。蜎蜎，動貌。蠋，桑蟲，如蠶者也。烝，發語辭。敦，獨處不移之貌。此則興也。○成王既得鴟鴞之詩，又感雷風之變，始悟而迎周公。於是周公東征已三年矣，既歸，因作此詩，以勞歸士。蓋爲之述其意而言曰：我之東征既久，而歸途又有遇雨之勞，因追言其在東而言歸之時，心已西嚮而悲，於是制其平居之服，而以爲自今可以勿爲行陳銜枚之事矣。及其在塗，則又覩物起興而自歎曰：

彼蜎蜎者蠋。則在彼桑野矣。此敦然而獨宿者。則亦在此車下矣。

音釋 陳。直刃反。著。遲據反。俗作箸。繣。胡卦胡麥二反。或音卦。勞。去聲。蓋爲之爲。于僞反。

○我徂東山。慆慆不歸。我來自東。零雨其濛。果臝（力果反）之實。亦施（羊豉反）于宇。伊威在室。蠨（音蕭）蛸（所交反）在戶。（後五反）町（他頂反）疃（他短反）鹿場。熠（以執反）燿（以照反）宵行。（叶戶郎反）不可畏（叶於非反）也。伊可懷（叶胡威反）也。

賦也。果臝。栝樓也。施。延也。蔓生延施于宇下也。伊威。鼠婦也。室不掃則有之。蠨蛸。小蜘蛛也。戶無人出入則結網當之。町疃。舍傍隙地也。無人焉。故鹿以爲場也。熠燿。明不定貌。宵行。蟲名。如蠶。夜行。喉下有光如螢。○章首四句。言其往來之勞。在外之久。故每章重言。見其感念之深。遂言已東征而室廬荒廢至於如此。亦可畏。然豈可畏而不歸哉。亦可懷思而已。此則述其歸未至而思家之情也。

○我徂東山。慆慆不歸。我來自東。零雨其濛。鸛（古玩反）鳴于垤。（田節反。叶地一反）婦歎于室。洒埽穹窒。我征聿至。（叶入聲）有敦（都迴反）瓜苦。烝在栗薪。自我不見。于今三年。（叶尼因反）

賦也。鸛，水鳥，似鶴者也。垤，蟻冢也。穹窒見七
月。○將陰雨，則穴處者先知，故蟻出垤而鸛
就食之，遂鳴于其上也。行者之妻，亦思其夫
之勞苦而嘆息於家，於是洒掃穹窒以待其
歸，而其夫之行忽已至矣。因見苦瓜繫於栗
薪之上，而曰自我之不見此，亦已三年矣。栗
周土所宜木，與苦瓜皆微物也，見
之而喜，則其行久而感深可知矣。

○我徂東山，慆慆不歸。我來自東，零
雨其濛。倉庚于飛，熠燿其羽。之子于
歸，皇駁（叶邦角反）其馬。（叶滿補反）親結其縭，（叶離羅二音）九
十其儀。（叶宜俄二音）其新孔嘉，（叶居宜居何二反）其舊如

之何。（叶奚何二音）
賦而興也。倉庚飛，昏姻時也。熠燿，鮮明也。黃
白曰皇，騮白曰駁。縭，婦人之褘也。母戒女而
為之施衿結帨也。九其儀，十其儀，言其儀之
多也。○賦時物以起興，而言東征之歸士未
有室家者，及時而昏姻，既甚美矣。其
舊有室家者，相見而喜，當如何邪。[音釋] 騮音留。赤
色也。褘，許韋反。帨，巾也。衿，其鴆反。繫佩帶。

東山四章章十二句

序曰：一章言其完也，二章言其思也，三
章言其室家之望女也，四章樂男女之
得及時也。君子之於人，序其情而閔其
勞，所以說也。說以使民，民忘其死，其惟

東山季。愚謂完。謂全師而歸。無死傷之苦。思。謂未至而思有愴恨之懷至於室家望女。男女及時。亦皆其心之所願而不敢言者。上之人乃先其未發而歌詠以勞苦之。則其歡欣感激之情爲如何哉蓋古之勞詩皆如此。其上下之際情志交孚。雖家人父子之相語。無以過之。此其所以維持鞏固數十百年而無一旦土崩之患也。【音釋】思息字反。望女之女音汝。勞苦勞詩皆去聲。鞏音勇反

既破我斧。又缺我斨。（七羊反）周公東征。四國是皇。哀我人斯。亦孔之將。

賦也。隋銎曰斧。方銎曰斨。征伐之用也。四國。四方之國也。皇。匡也。將。大也。○從軍之士以

前篇周公勞已之勤。故言此以荅其意曰。東征之役既破我斧而缺我斨。其勞甚矣。然周公之爲此舉。蓋將使四方莫敢不一於正而後已。其哀我人也。豈不大哉。然則雖有破斧缺斨之勞。而義有所不得辭矣。夫管蔡流言以謗周公。而公以六軍之衆往而征之。使其心一有出於自私而不在於天下。則撫之雖勤。勞之雖至。而從役之士豈能不怨也哉。今觀此詩。固足以見周公之心大公至正。天下信其無有一毫自愛之私。抑又有以見當是之時雖被堅執銳之人。亦皆能以周公之心爲心。而不自爲一身一家之計。蓋亦莫非聖人之徒也。學者於此熟玩而有得焉。則其心正大而天地之情眞可見矣

○既破我斧。又缺我錡。（巨宜反。叶巨何反）周公東

征。四國是吪。五戈反哀我人斯。亦孔之嘉。叶居何反

朱熹集傳

賦也。錡，鑿屬。吪，化。嘉，善也。丁五

○既破我斧。又缺我銶。音求周公東征。四國是遒。在羞反哀我人斯。亦孔之休。

賦也。銶，木屬。遒，斂而固之也。休，美也。

破斧三章章六句

范氏曰：象日以殺舜為事，舜為天子也，則封之。管蔡啓商以叛，周公之為相也，則誅之。迹雖不同，其道則一也。蓋象之禍及於舜而已，故舜封之。管蔡流言將危周公以間王室，得罪於天下，故周公誅之。非周公誅之，天下之所當誅也。周公豈得而私之哉。

伐柯如何。匪斧不克。取七喻反妻如何。匪媒不得。

比也。柯，斧柄也。克，能也。媒，通二姓之言者也。○周公居東之時，東人言此以比平日欲見周公之難。

○伐柯伐柯。其則不遠。我覯古豆反之子。

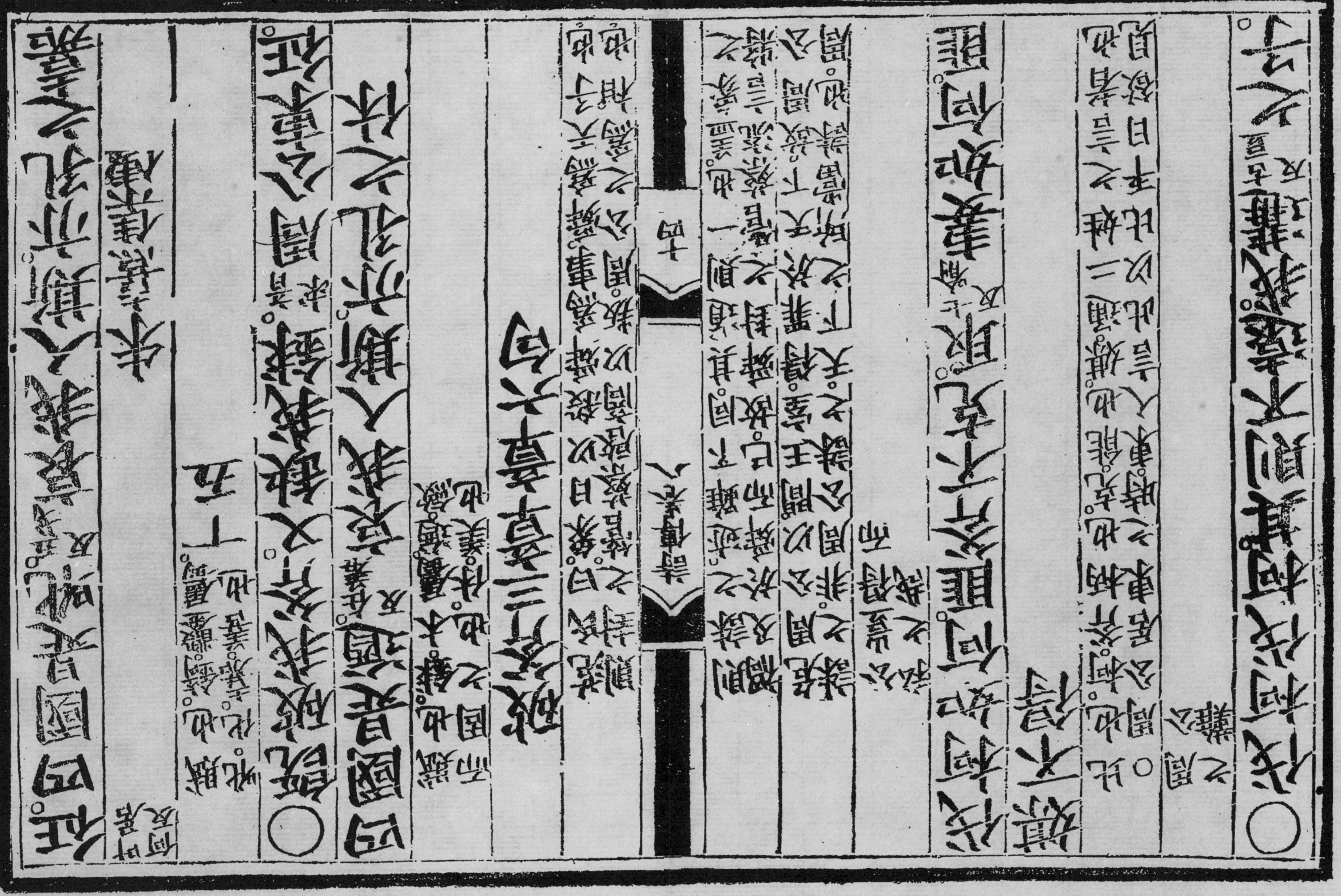

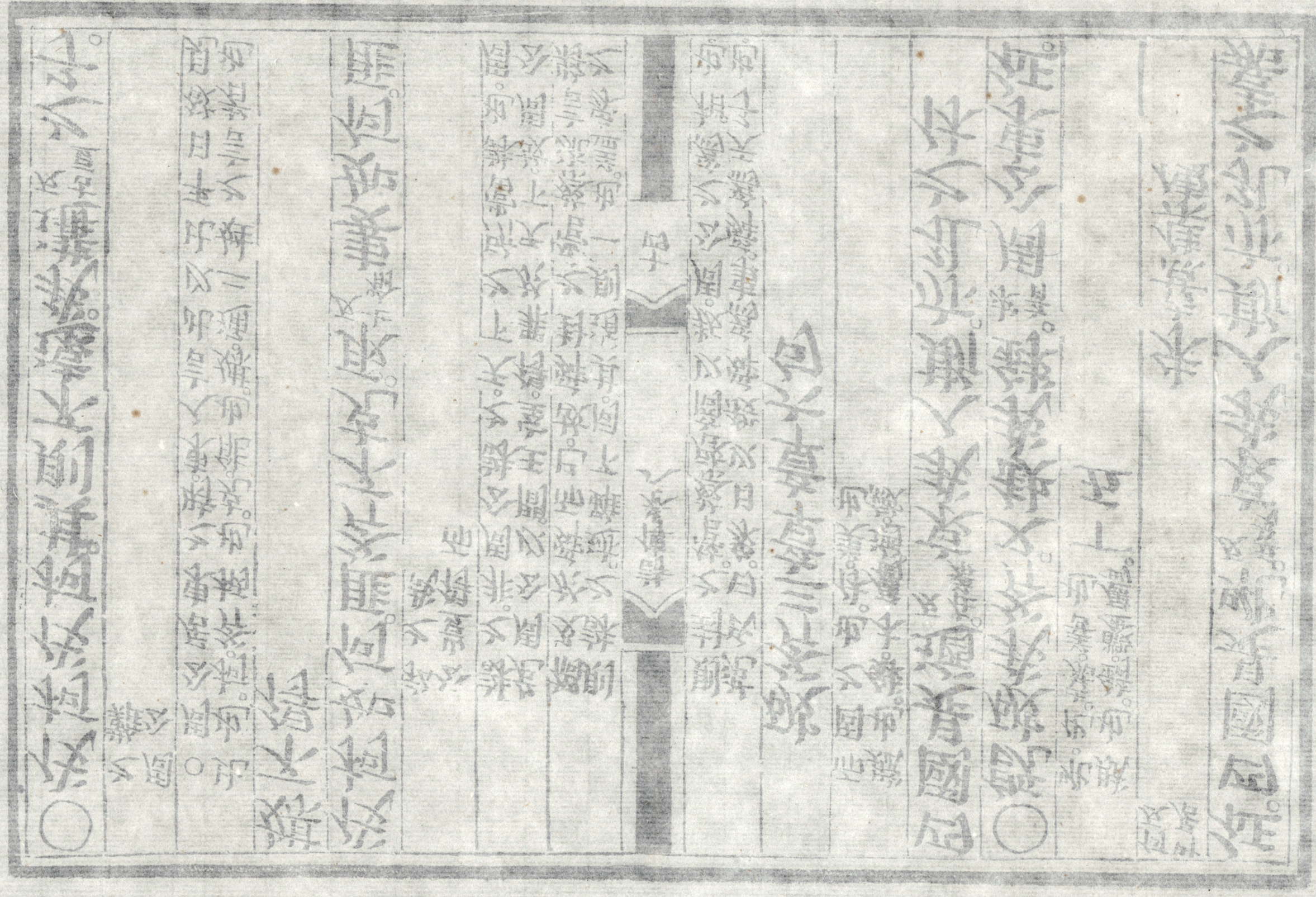

籩豆有踐。踐淺反

比也。則，法也。我，東人自我也。之子，指其妻而言也。籩，竹豆也。豆，木豆也。踐，行列之貌。○言伐柯而有斧，則不過即此舊斧之柯而得其新柯之法。娶妻而有媒，則亦不過即此見之而成其同牢之禮矣。東人言此，以比今日得見周公之易，深喜之之詞也。

伐柯二章，章四句

九罭于逼反之魚鱒才損反魴音房。我覯之子，袞古本反衣繡裳。

興也。九罭，九嚢之網也。鱒，似鯶而鱗細眼赤。魴，已見上。皆魚之美者也。我，東人自我也。之子，指周公也。袞衣裳九章：一曰龍，二曰山，三曰華蟲，雉也，四曰火，五曰宗彝，虎蜼也，皆繢於衣；六曰藻，七曰粉米，八曰黼，九曰黻，皆繡於裳。天子之龍，一升一降；上公但有降龍。以龍首卷然，故謂之袞也。○此亦周公居東之時，東人喜得見之，而言九罭之網則有鱒魴之魚矣，我遘之子，則見其袞衣繡裳之服矣。

音釋 鱒音混。蜼，位、柚、壘三音。袞，古本反。

鴻飛遵渚。公歸無所，於女音汝信處。

興也。遵，循也。渚，小洲也。女，東人自相女也。再宿曰信。○東人聞成王將迎周公，又自相謂而言鴻飛則遵渚矣，公歸豈無所乎？今特於女信處而已。

鴻飛遵陸。公歸不復，於女信宿。

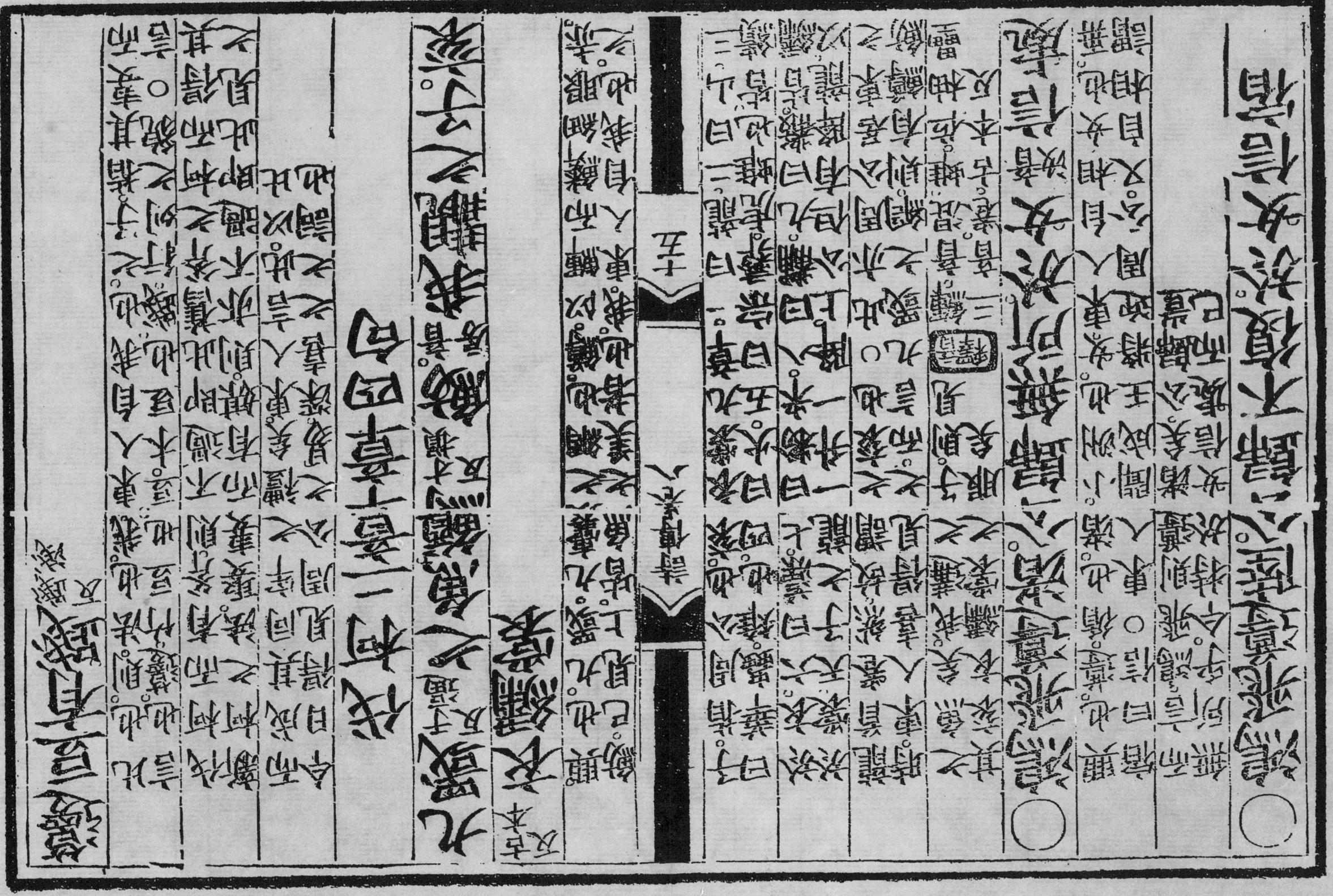

興也。高平曰陸。不復。言將留相王室。而不復來東也。

○是以有衮衣兮。無以我公歸兮。無使我心悲兮

賦也。承上二章言周公信處信宿於此。是以東方有此服衮衣之人。又願其且留於此。無遽迎公以歸。歸則將不復來。而使我心悲也

九罭四章一章四句三章章三句

狼跋蒲末反其胡。載疐丁四反其尾。公孫音遜碩膚。赤舄音昔几几

興也。跋。躐也。胡。頷下懸肉也。載。則。疐。跲也。老狼有胡。進而躐其胡則退而跲其尾。公。周公也。孫。讓。碩。大。膚。美也。赤舄。冕服之舄也。几几。安重貌。○周公雖遭疑謗。然所以處之不失其常。故詩人美之。言狼跋其胡。則疐其尾矣。公遭流言之變。而其安肆自得乃如此。蓋其道隆德盛。而安土樂天。有不足言者。所以遭大變而不失其常也。夫公之被毀。以管蔡之流言也。而詩人以爲此非四國之所爲。乃公自讓其大美而不居耳。蓋不使讒邪之口得以加乎公之忠聖。此可見其愛公之深。敬公之至。而其立言亦有法矣【音釋】跲。極業反。處。上聲。下同。

[illegible]

○狼疐其尾。載跋其胡。公孫碩膚。德音不瑕。叶洪孤反

朱熹集傳

興也。德音。猶令聞也。瑕。疵病也。○程子曰。周公之處已也。夔夔然存恭畏之心。其存誠也。蕩蕩然無顧慮之意。所以不失其聖。而德音不瑕也。

【音釋】聞。音問

狼跋二章章四句

范氏曰。神龍或潛或飛。能大能小。其變化不測。然得而畜之。若犬羊然。有欲故也。唯其可以畜之。是以亦得醢而食之。凡有欲之類。莫不可制焉。唯聖人無欲。故天地萬物不能易也。富貴貧賤死生。如寒暑晝夜相代乎前。吾豈有二其心

乎哉。亦順受之而已矣。舜受堯之天下不以為泰。孔子阨於陳蔡而不以為慼。周公遠則四國流言。近則王不知。而赤舄几几。德音不瑕。其致一也。

豳國七篇二十七章二百三句

程元問於文中子曰。敢問豳風何風也。曰變風也。元曰。周公之際亦有變風乎。曰君臣相誚。其能正乎。成王終疑周公。則風遂變矣。非周公至誠。其孰卒正之哉。元曰。居變風之末何也。曰。夷王以下。變風不復正矣。夫子蓋傷之也。故終之以豳風。言變之可正也。唯周公能之。故係之以正變而克

正。危而克扶。始終不失其本。其惟周
公乎。係之豳。遠矣哉。○篇章歛豳詩
以逆暑迎寒。已見於七月之篇矣。又
曰。祈年于田祖。則歛豳雅以樂田畯。
祭蜡。則歛豳頌以息老物。則考之於
詩。未見其篇章之所在。故鄭氏三分
七月之詩以當之。其道情思者爲風。
正禮節者爲雅。樂成功者爲頌。然一
篇之詩首尾相應。乃剟取其一節而
偏用之。恐無此理。故王氏不取。而但
謂本有是詩而亡之。其說近是。或者
又疑但以七月全篇隨事而變其音
節。或以爲風。或以爲雅。或以爲頌。則
於理爲通。而事亦可行。如又不然。則
雅頌之中凡爲農事而作者。皆可冠
以豳號。其說具於大田良耜諸篇。讀
者擇焉

音釋 田祖。始耕田者。神農也。田
畯。古之先教田者。大蜡八。
先嗇一。司嗇二。農三。郵表畷四。貓虎
五。坊六。水庸七。昆虫八。蜡。仕嫁反。畷。
知劣知衛三反。坊。音防。息老物。杜子
春云。萬物助天成歲事。至此爲其老
而勞。乃祀而老息之。於是
國亦養老焉。剟。株劣反

詩卷之八